D1725922

Violaine Bérot

Wolkensturz

Roman

Aus dem Französischen
von Katja Meintel

PEARLBOOKSEDITION

Hinweis für die Lektüre

Dieses Buch kann auf zwei Arten gelesen werden:

- wie ein normales Buch, in diesem Fall brauchen Sie die Zahlen nicht zu beachten; oder

- in einer anderen Reihenfolge, dann beginnen Sie die Lektüre mit dem Abschnitt 5 und finden an dessen Ende in Klammern die Nummer des folgenden Abschnitts.

DIENSTAG

1

und Fälle wie ihren gibt es das wissen wir Fachleute am besten, jeder von uns hat den ein oder anderen erlebt oder zumindest davon gehört, doch in jener Nacht als mir klar wurde was passiert war habe ich begonnen zu zittern wie eine Anfängerin, ich habe mehrere Jahrzehnte Berufserfahrung trotzdem konnte ich einen kurzen Blackout, einen Anflug von Schwindel nicht verhindern bevor die Handgriffe wieder einsetzten (7)

2

da hab ich mir so gedacht was sind die Leute doch frech, klingeln einen mitten in der Nacht raus, du stehst auf, gibst dir nen Ruck und gehst zum Telefon, dabei weißt du von vorneweg dass das garantiert irgendein blöder Streich ist, aber verflucht du hältst das Geklingel nicht mehr aus, du stehst auf, sagst dir der kriegt vielleicht was zu hören, aber nu ja es war Baptiste, und seine Stimme am Telefon Herrgott, überhaupt nicht seine normale Stimme, ich hab nicht lang rumüberlegt, ich hab gesagt bin gleich da, dann hab ich den Geländewagen genommen und bin hochgefahren, und glauben Sie mir das war keine Nacht wo man freiwillig aus dem Bett steigt, der ganze Schnee der da runterkam, Wahnsinnsböen, ich hab mir so gedacht das gibt mordsmäßig Schneewehen, an der

Kurve von Lamusquet haut's mich auf jeden Fall in eine rein, die Ecke da ist übel, der Wind nimmt alles mit und lässt es genau dort wieder fallen, bloß so aus Spaß um dich zu ärgern, als könnt er seinen Haufen nicht ein Stück weiter drüben abladen, aber nein, Sie wissen schon welche Kehre ich meine, die letzte zwischen mir und den beiden (4)

3

abendelang haben wir über Gott und die Welt palavert, wir hatten diese Marotte, wir haben gequatscht und gebechert, dann hat Baptiste eine neue Flasche rausgeholt, Marionouchette protestierte ach nee nicht noch eine, er ließ sie reden und schenkte uns nach, sie murmelte na gut aber danach geh ich ins Bett, wir soffen wie die Bürstenbinder, Baptiste und ich stürzten uns in stundenlange komplizierte Diskussionen, wir fanden kein Ende, Marionoune hörte zu, manchmal sagte sie Baptiste komm mal wieder runter du verwirrst mich mit deiner Philosophie, er konterte dich verwirrt bloß der Wein tu nicht dümmer als du bist, dann schob sie schmollend das Kinn in den Kragen ihres Pullis, Baptiste sagte zu mir schau mal Tony sieht aus wie unsere Madame Peyre hinter ihren Vorhängen, wir prusteten los, wir waren blöde, wir hätten über jeden Mist gelacht (9)

4

nu ja, er brauchte mich halt, also hab ich nicht lang gefackelt, ich bin in die Hose und die Stiefel gestiegen, sind schon gute Leute, und von den Nachbarn bin ja nur ich noch da, die Alten sind alle auf dem Friedhof oder im Heim, es gibt zwar ein Stück weiter unten ein paar Neue, aber hier in der Nähe ganz ehrlich hier ist keiner mehr, die Gegend ist eben leer geworden, sei's drum in der Nacht da hat er mich am Telefon erwischt und das war ein Glück, wir verstehen uns prima, wir sehen die Arbeit ziemlich ähnlich, die beiden sind nicht von hier aber taugen tun sie trotzdem was, sie genauso wie er, wir packen beim andern auch mal mit an, unsre Arbeit ist nicht so beschaulich wie die Leute glauben, nix mit Blümelein und Vögelein, Pustekuchen, außerdem musst du jeden Tag ran, manches geht einem zusammen einfach leichter von der Hand, vor allem hier in den Bergen, das darf man nicht mit unten im Tal vergleichen, die Arbeit ist nicht die gleiche absolut nicht, hier arbeiten wir noch ganz wie früher, nicht viel anders als mein Vater oder mein Großvater, na ja mehr Komfort haben wir schon, aber es bleiben halt die Berge, die muss man sich verdienen, jedenfalls in dieser Nacht da ist die verfluchte Schneewehe immer höher gewachsen genau wie ich's mir gedacht hatte, mit dem Geländewagen hab ich's grad noch so durchgeschafft, zwei drei Stunden später weiß nicht da wär's sicher knapp geworden, aber jetzt kam ich noch durch, dann hab ich vor ihrem Haus geparkt keine Ahnung vielleicht zehn Minuten später, mehr sicher nicht, ich hatte mächtig Gas gegeben (6)

5

ich werde Ihnen alles erzählen Monsieur, es war in
der Nacht von Montag auf Dienstag ganz früh so gegen zwei Uhr morgens, 29. Februar sogar das Datum
ist merkwürdig finden Sie nicht, ein Tag der vier Jahre
lang nicht wiederkommt, wer seine Spuren verwischen
will könnte keinen besseren Moment finden, es geschah also in der Nacht vom 28. auf den 29. und wir
ahnten von nichts, wie hätten wir eine solche Ab-
scheulichkeit auch ahnen können, und man braucht
nicht zu glauben dass dieser Tölpel von Dédé im Dorf
Bescheid gesagt hätte, oh nein, man fragt sich schon
ob der noch irgendwas anderes im Kopf hat als nur
seine Kühe   (10)

6

ich bin zur Tür rein, trotzdem hat die Hündin dahin-
ter nicht gemuckt, sie kennt mich ja, ich hab gerufen
und er hat geantwortet, sie waren im Bad und was soll
ich sagen da waren sie zusammen drin und sie ganz
nackt, hören Sie ich hatte sie ja noch nie ganz nackt
gesehen, ich traute mich nicht recht hinschauen, das
war mir unangenehm, können Sie sich ja vorstellen,
sie an den Wannenrand gelehnt, sagt nichts, bewegt
sich nicht, ich kreuz mitten in der Nacht im Bad auf,
sie sitzt da ganz nackt vor mir und versucht nicht mal
sich zu verstecken, schaut nicht geniert, nichts, und
dazu ganz weiß Herrgott, so weiß, ich denk mir verflucht was ist bloß los mit ihr, ich steh vor ihr wie ein
Depp und weiß nicht was anfangen mit meinen gro-

ßen Händen, und dann seh ich oben an ihren Schen-
keln das Blut, den Schleim, den Schmier, das seh ich
und sag mir verflucht ist nicht wahr, verstehn Sie ich
hab gedacht wie bei den Viechern, wenn du bei denen
da unten rum Schmier siehst sagst du dir der ist es
ausgelaufen, die hat das Junge verloren, so ist das, so
was passiert am Anfang wenn es nicht richtig festsitzt,
ich hab mir gedacht oh Scheiße so ein elendes Pech,
Baptiste hat versucht ihr nen Pulli überzuziehen, sie
hat ihn machen lassen, wie auf Droge, sie hat nicht
reagiert, hat ihm nicht geholfen, er hat leise mit ihr
gesprochen wie um die Angst zu vertreiben, aber sie
kein Wort, normalerweise sagt sie immer was wenn sie
mir begegnet, irgend so nen Quatsch, oh wie hübsch
unser Dédé heut ausschaut, so was halt, aber jetzt
Funkstille, als würd sie mich nicht sehen, sie sieht
nichts, und sie zittert Herrgott, sie zittert, er greift
nach einem großen Tuch um ihre Beine zu bedecken,
er redet was von wegen Krankenhaus, ich weiß nicht
ob er's zu mir sagt oder zu ihr, ich denk mir 's wär gut
ihr wenigstens Socken zu suchen bei der Kälte draußen, mein Vater hat immer gesagt kalte Füße bringen
den Tod, irgendwo musste sie doch warme Socken
haben, dicke Socken für die kalte Jahreszeit, ich hab
zu ihm gesagt, hol ihr Socken, und da ist es passiert,
er war aus dem Zimmer raus, ich bin näher zu ihr hin
um sie festzuhalten, damit sie nicht wegrutscht, und
ich weiß auch nicht, ich hab ihr über die Schulter
geschaut ohne groß drüber nachzudenken und hab
dieses Ding in der Badewanne gesehen, heilige Scheiße,

ich weiß nicht wie ich es geschafft hab sie nicht loszulassen (8)

7

dabei kenne ich die Problematik, ich habe eine Ausbil-
dung, ich war auf Konferenzen zu dem Thema, ich bin
vorbereitet, ich habe gelernt wie es sich physiologisch
erklären lässt, habe Schemata gesehen, detaillierte
Berichte gelesen, ich habe den anatomischen Prozess
begriffen, verstandesmäßig habe ich das alles klar
erfasst, und trotzdem (15)

8

anscheinend bemerkten die zwei es gar nicht, ich war
der Einzige mit Augen im Kopf, Baptiste hat ihr die
Socken angezogen, er hat mit ihr gesprochen aber von
ihr noch immer nichts, er hat ihr aus dem Badezimmer geholfen, hat sie halb getragen, ich bin allein vor
der Wanne stehen geblieben, hab immer nur Scheiße
Scheiße gesagt, aber ich musste was tun, ich greif
nach nem Handtuch, ich denk mir es braucht doch
Wärme, das bete ich so vor mich hin, also nehm ich
das Ding aus der Wanne, eigentlich hätt man sich
richtig drum kümmern müssen aber dazu war keine
Zeit, es war am Leben aber in was für nem Zustand
das wollt ich lieber nicht wissen, außerdem hatte
Baptiste recht wir mussten uns um Marion kümmern,
sie schleunigst ins Krankenhaus fahren, besser wir
trödelten nicht rum, also wickle ich das Ding in das
Handtuch und steck mir das Ganze unter die gefüt-

terte Jacke, ich zieh den Reißverschluss hoch sodass
es nicht rausrutscht aber noch atmen kann und von
meiner Wärme was abbekommt, so hat mein Vater das
gemacht wenn seine Lämmer in der Kälte kamen,
dann bin ich hinter den beiden her, sie waren erst an
der Haustür, wegen diesem Scheißsturm gingen sie
gebückt, ich lauf also um sie rum und mach ihnen den
Wagen auf, wir bugsieren Marion rein, Baptiste setzt
sich neben sie und ich mich ans Steuer, jetzt durfte
uns bloß nichts mehr dazwischenkommen, nicht die
Schneewehe von Lamusquet und auch sonst keine, wir
mussten schleunigst ins Krankenhaus und bis dahin
ist's ja weiß Gott kein Katzensprung, vor allem bei
so nem Wetter, die Feuerwehr hätt nichts gebracht, so
lang wie die bis hierher gebraucht hätten, wir wohnen
weitab vom Schuss, war nur gut dass er mich angerufen hatte, mit dem Geländewagen komm ich überall
durch, also fahr ich, ich fahr so schnell ich nur kann
ohne im Graben zu landen, ich denk mir halt durch
Marion, halt durch, wir holen dich da raus, ich schwör
dir wir holen dich da raus, und dann fing es in meiner
Jacke an zu strampeln, verflucht es war wirklich am
Leben, und glauben Sie mir es hatte keine Lust zu
sterben   (12)

9

ich habe noch mal schallend gelacht bevor ich begriff
dass es kein Scherz war, ich habe mich bei Baptiste
entschuldigt, am Telefon war das, ich bin schon ein
Idiot dass ich es im ersten Reflex für einen blöden

Witz gehalten habe, er sagte ich muss mit dir darüber reden Tony ich weiß nicht mehr ein noch aus es ist uns was Unglaubliches passiert, er redete, er hörte gar nicht mehr auf zu reden, er sagte ich weiß in ein paar Stunden werde ich glücklich sein aber es ist noch zu neu und ich habe es nicht einmal gesehen begreifst du Tony ich habe es nicht gesehen, er wiederholte begreifst du Tony begreifst du Tony, ich sagte nein nicht so ganz nein nicht richtig, ich verstand bloß dass es sie eiskalt erwischt hatte, dass sie Hilfe brauchten, auch ich versuchte es zu begreifen, ich wiederholte Marionoune und Baptiste haben ein Baby, Marionouchette und Baptiste haben ein Baby, das musste unbedingt in meinen Kopf rein aber ich konnte nicht verhindern dass tausend Fragen an mir zerrten, warum hatte ich nicht gesehen dass sie schwanger war, und ist es überhaupt möglich dass man es nicht merkt, und wie hatte Baptiste es übersehen können, und weshalb hatte sie es uns verheimlicht, gleichzeitig schimpfte ich mit mir, hör auf Tony, zerbrich dir nicht den Kopf, scheißegal ob du's begreifst oder nicht, find dich schleunigst damit ab und mach weiter, Baptiste braucht dich also dreh nicht durch, sei da (11)

10

stellen Sie sich das einmal vor Monsieur, was sich die Leute alles ausdenken um ihre Schandtaten zu vertuschen, ich habe ja gedacht nicht hier, nicht in unserem Dorf, aber doch, selbst hier, bedeutet das etwa dass wir gar niemandem mehr vertrauen können, schon dass die sich so weit oben angesiedelt haben, wo doch vor ihnen alle anderen dort haben wegziehen müssen, das an sich ist schon nicht normal, wenn wir fortgehen mussten dann doch weil wir gezwungen waren anderswo Arbeit zu suchen, weil es hier keine mehr gab, aber die glauben ja sie wüssten alles besser, die ziehen in die Berge und legen sich ein paar Tiere zu um so zu tun als hätten sie einen Beruf, in Wahrheit liegen sie der Gesellschaft auf der Tasche, weil was denken Sie Monsieur wovon die leben, ich sage es Ihnen noch mal wenn wir fortgegangen sind dann weil das Leben dort oben nicht mehr möglich war, die brauchen mir also nicht zu erzählen sie würden mit ihren Ziegen und ihrer Handvoll Gemüse ihren Unterhalt bestreiten, versuchen tun sie es ja vielleicht, ich will da nichts unterstellen, ich lebe schließlich nicht dort oben und überwache sie, aber ihn sehe ich wenn er herunter ins Dorf kommt, er ist genau wie die anderen, nichts als große Reden schwingen, in der Kneipe hocken, Musik machen und trinken, oh und was die trinken Monsieur, die Adèles jedenfalls dürften sich kaum darüber beklagen, die zwei sind auf eine Goldader gestoßen, so schnell machen die ihren Laden nicht mehr dicht, und jeden Morgen wenn sie ihre Wirtschaft aufsperren lächeln sie mir zuckersüß durchs Fenster zu, Bonjour Madame Peyre geht's Ihnen gut, als würde die es interessieren wie es mir geht (17)

11

ich habe mir gesagt Tony reg dich nicht so auf, beruhig dich, nimm es wie es ist und versuch nicht alles
erklären zu wollen, denk lieber nach wie du ihnen
helfen kannst, organisier was, das Wichtigste zuerst,
und da sind mir die Adèles eingefallen, sie waren die
Ersten denen man Bescheid sagen musste, sie waren
am ehesten in der Lage mit dem Schlamassel den das
Ganze womöglich noch gab fertigzuwerden, sie waren
es mit denen man die Rückkehr vorbereiten musste,
in meinem Kopf wirbelte erneut alles durcheinander,
wie sollten die zwei mit einem Kind am Rockzipfel
dort oben weiterleben, sie schufteten sich ja schon
jetzt halb tot, und wie viele Tage bleibt man nach
einer Geburt im Krankenhaus, wie viel Zeit hatten wir
überhaupt noch, ich schlug mich weiter mit meinen
Fragen herum während Baptiste nach den passendsten
Worten suchte um mir zu berichten, ich sagte mir hör
auf Tony, konzentrier dich darauf was Baptiste sagt,
aber ich konnte nicht anders, in meinem Hirn brodelte
es, ich fing an Listen zu erstellen, mit Dédé hoch die
Ziegen und die Hündin versorgen, ein Zimmer für das
Baby einrichten, Sachen zusammentragen, aber was
für Sachen, was braucht man überhaupt wenn man so
einen Winzling hat, Kleider, Windeln, Fläschchen,
eine Wiege, was noch, mein Hirn ratterte, lief heiß,
dann wurde Baptiste still und mir wurde klar dass er
mir gar nichts über sie gesagt hatte, ich fragte ihn und
wie geht's Marionouchette, die ist weggetreten sagte
er, komplett weggetreten   (13)

12

ich konnt nicht schlafen, ich hab die Kühe früher ge-
füttert als sonst, ich wollt schnell wissen was los ist,
ich hab mir so gedacht jetzt versorgst du erst mal ihre
Viecher droben und danach fährst du zum Krankenhaus, die lange Strecke ist mir ja wurscht, es hatte
aufgehört mit Schneien, es war ruhig, so ist das immer
nach dem Sturm, du fragst dich ob du nicht geträumt
hast, ich bin also hoch zu ihnen, die verflixte Schneewehe war noch mächtiger geworden, der Geländewagen kam nicht mehr durch, ich musste ihn stehen
lassen und zu Fuß weiter, das hatte mir grad noch gefehlt, im Vorbeigehen hab ich die Hündin rausgelassen
damit sie mal an die Luft kommt, der Ziegenstall ist
nicht weit vom Haus aber mit dem Schnee wird alles
komplizierter, eine Schinderei, du brauchst für alles
eine Wahnsinnskraft, zuerst musste die Spur gebahnt
werden, die Hündin war nicht blöd und stapfte hinter
mir her, die Straße ist breit darauf verläufst du dich
nicht so schnell aber hier auf diesem verdammten
Pfad landest du in null Komma nichts entweder zu
weit oben oder zu weit unten, du verirrst dich, du
merkst dass du danebenliegst aber irgendwie musst
du die Richtung wiederfinden, das schlaucht ganz
schön, danach siehst du zu dass du nicht mehr vom
Weg abkommst aber nu ja so einfach ist das nicht,
darum kam mir dieser Scheißstall auch so weit vor,
aber dann waren wir doch da, die Hündin hat sich vor
die Tür gesetzt, ich bin rein, erst haben die Viecher
sich natürlich gewundert mich zu sehen, die sind ja

ihre Herrin gewohnt, ich hab mit ihnen gesprochen
dann ging's, und als das Heu kam haben sie ihre Neu-
gier vergessen, ich hab ordentlich was verteilt damit
sie bis zum Abend durchhalten, ich hab Wasser nach-
geschüttet, es war nicht gefroren, eine Sorge weniger,
ich hab alles hingekriegt, danach sind wir wieder los
die Hündin vorneweg und ich hinterdrein, mit der
Spur war's jetzt leicht, dann bin ich heim mich um-
ziehen weil ich in die Stadt zurückfahren wollte, nach
Telefonieren war mir nicht, ich wollt lieber selber hin,
ich wollt wissen wie's läuft, ob's ihr gut geht, ob sie
wieder bei sich ist, sie hat mir einen Schrecken ein-
gejagt wie ich sie so gesehen hab, keine Reaktion, läuft
einfach so aus als würd sie das alles nichts angehen,
stimmt schon Sie werden sagen ich hätt nur an sie gedacht, aber wenn du selber Viecher hast dann grübelst
du nicht lang rum, wenn es heißt entweder das Junge
oder die Mutter dann entscheidest du dich für die
Mutter, um das Junge kümmerst du dich später, und
wenn es dann zu spät ist dann ist das halt so   (14)

13

ich bin überall herumgelaufen, angefangen habe ich
bei den Adèles, bei den beiden kehrt das ganze Tal
ein, ihre Wirtschaft ist der ideale Ausgangspunkt um
Nachrichten in Umlauf zu bringen, außerdem verlor
ich allein die Nerven die Adèles dagegen bleiben ruhig
und behalten einen klaren Kopf egal was kommt,
wir waren uns sofort einig, das Ungeheuerliche des
Ereignisses konnten wir später noch ausdiskutieren,

jetzt standen erst mal das Krankenhaus und die Orga-
nisation der Heimkehr an, sie sagten zu mir kein
Stress Tony wir zwei managen alles und du als ihr
Freund hältst den Kontakt, im Nu hatten sie den Stein
ins Rollen gebracht und mit den Stunden wurde
eine echte Lawine daraus, in regelmäßigen Abständen
riefen sie mich an und lachten, die beiden sind sogar
noch quietschfidel wenn sie in Arbeit ersticken, sie
sagten weißt du Tony jetzt ist Dienstagmorgen und
dienstagmorgens trifft sich die Strickrunde stell dir
vor alle stricken jetzt für das Baby die Alten und die
Jungen und glaub nur da verstehen die keinen Spaß,
ich glaubte es ihnen aufs Wort denn sobald ich bei
einem Freund oder Nachbarn davon anfing, kramte
der auch schon in seinen Sachen nach etwas Nütz-
lichem, und irgendwann lachte ich auch, ich sagte für
das ganze Zeug haben die doch nie im Leben genug
Platz da muss ich mir ja glatt nen Sattelschlepper
leihen Drillinge die hätten sie bekommen sollen (16)

14

es war offen, also hab ich den Kopf reingesteckt, die
beiden lagen im Bett und verflucht noch eins sie haben
sich nicht bewegt, Herrgott war mir das unangenehm,
ich wollt sie nicht wecken oder stören, darum bin ich
nicht ins Zimmer rein, ich hab mir so gedacht ich
muss es trotzdem jemandem erklären, irgendwie müssen sie es doch erfahren, aber die Krankenschwester
wollte nicht machen was ich gesagt hab, ich musste
es aufschreiben, also hab ich notiert Marion zerbrich

dir nicht den Kopf wegen den Ziegen ich kümmer mich drum mach dir keine Sorgen, das wollt ich ihr nämlich sagen, weil ich sie ja kenne   (46)

15

es ist sehr schwierig es ihnen beizubringen, kulturell betrachtet ist die Geburt eines Kindes eine Quelle des Glücks, aber bei diesen Frauen muss man wirklich alles überdenken, was ihnen zustößt ist so unfassbar dass sie es nicht annehmen können, noch vor ein paar Stunden waren sie nicht schwanger und plötzlich kommt ein Baby aus ihrem Körper, das würde jeden um den Verstand bringen, das übersteigt die Vorstellungskraft, um die Heftigkeit der Situation abzumildern muss man sich selbst bremsen und genau das nicht tun was man im ersten Reflex tun würde, einen Jungen oder ein Mädchen ankündigen und der Mutter das Kind auf die Brust legen, sie sind im Schock, man muss ihnen Zeit lassen, sie vor allem nicht drängen, manche werden zu Furien, andere sind zu keiner Reaktion mehr fähig, besser man nimmt ihnen das Baby weg statt es ihnen aufzunötigen, später ist immer noch Zeit es ihnen zurückzugeben, erst einmal ist es wichtig dass man ihnen hilft das Ganze zu erfassen, und das betrifft den Vater ebenso wie die Mutter, man muss es schaffen dass beide verstehen wie sich das was ihnen zugestoßen ist nennt, man muss ihnen begreiflich machen dass schon ähnliche Fälle bekannt sind, dass es so etwas gibt   (19)

16

ich habe ihm gesagt Baptiste mein Handy bleibt die
ganze Zeit an du kannst mich erreichen wann immer
du willst sobald du mich brauchst nur keine falsche
Scham auch mitten in der Nacht, er hat ständig angerufen, er sagte es tut mir gut mit dir zu reden Tony,
ich antwortete red Baptiste red komm schon red über
alles was du auf dem Herzen hast, und er sagte jetzt
ist es so weit ich glaub ich hab's kapiert weißt du ich
schaffe es jetzt mein Baby zu sagen ich wollte dass du
das hörst dass du diese zwei Wörter hörst mein Baby
ich bin rüber zu ihm auf die Frühchenstation es ist
ja nicht irgendwie krank nein es geht ihm prächtig
aber wir brauchen Zeit um uns zu erholen ich bin zu
ihm gegangen und die Schwester hat mir gesagt Sie
können es auch hochnehmen und weißt du Tony nein
du weißt es nicht ich hab es hochgenommen ich hab
es hochgenommen   (22)

17

also wie gesagt Monsieur, an dem Dienstagmorgen
war es noch ruhig, der Tag begann wie ein ganz normaler Tag, die Adèles schlossen ihre Wirtschaft auf
und riefen mir ihr Bonjour Madame Peyre zu, ich sag's
Ihnen gerade als wäre es ein Morgen wie alle anderen
gewesen, aber kurz vor halb zwölf, ich nenne Ihnen
die genaue Uhrzeit Monsieur denn ich erinnere mich
dass ich noch nicht mit dem Kochen angefangen
hatte, also gegen halb zwölf habe ich gesehen dass
sie sehr geschäftig wurden, oh sie sind immer sehr

geschäftig aber so früh am Tag das war schon merkwürdig, da war also etwas im Busch, ich sagte zu Léon du solltest mal rübergehen was trinken damit wir Bescheid wissen (28)

18

ich erinnere mich an die Flecken auf dem Umschlagtuch und bis runter auf die Socken, an Marion die in meinen Armen in Ohnmacht fiel und die ich nicht ohrfeigen wollte um sie zu wecken, an Dédés donnernde Stimme mit der er die Typen von der Notaufnahme herunterputzte und sie anschrie sie sollten sich gefälligst beeilen, die in einem fort Herrgott Herrgott hervorstieß, die brüllte eine Hebamme wir brauchen eine Hebamme, während ich noch immer nichts auf die Reihe kriegte, ich war aufgeschmissen, total aufgeschmissen, und sah zu wie die anderen herumrannten, und sie in meinen Armen, bleich und abwesend, ganz weit weg (20)

19

das Symbol der schwangeren Frau, das was sie repräsentiert und ihren Zustand für alle sichtbar macht ist ihr runder Bauch, aber genau dieses Zeichen versagen sich jene Frauen nun unbewusst, schauen Sie es ist unglaublich wie stark sich der Körper der Psyche anpassen kann, unabhängig davon ob die Frau sportlich ist oder welchen Körperbau sie hat, ihre Bauchmuskulatur wird die Gebärmutter zurückhalten sodass sie diese Schranke nicht durchbrechen kann, folglich kann sie sich nicht nach vorn wölben wie bei einer normalen Schwangerschaft, sie muss eine andere Lösung finden, also entwickelt sie sich nach oben, in die Länge, wobei der Fötus gezwungenermaßen entlang der Wirbelsäule wächst, in aufrechter Position, ganz unauffällig, dank dieses ausgeklügelten Mechanismus wird niemand etwas ahnen, da der Bauch erstaunlich flach bleibt   (21)

20

aber wieso habe nicht einmal ich es bemerkt, obwohl ich doch jede Nacht bei ihr schlafe, wie kann es sein dass ich monatelang nichts gesehen oder geahnt habe, dass ich nichts begriffen habe weder im Badezimmer noch während der langen Autofahrt, wie konnte ich die ganze Zeit über so blind sein, warum musste erst Dédé vor der Sprechanlage der Notaufnahme halten und das Wort Entbindung aussprechen bevor es mich traf wie ein Schlag in die Fresse   (23)

21

ich weiß nicht ob Sie es wissen aber ein Kind ganz allein auf die Welt zu bringen ist unmenschlich, in allen Kulturen und zu allen Zeiten hat man den Wöchnerinnen systematisch beigestanden, dazu muss man wissen dass das Becken der Mutter zu eng ist, weshalb die Schultern des Kindes nacheinander hindurchmüssen, diese Bewegung bei der der Kopf notgedrungen nach hinten geschoben wird kann man selbst unmöglich ausführen, stellen Sie sich also den

Fall einer Frau vor die überdies gar nicht weiß dass sie schwanger ist, sie bekommt unerklärliche stechende Schmerzen sie will dieses qualvolle Etwas um jeden Preis aus sich herausschaffen, den Schmerz stoppen nichts anderes zählt mehr, denn Sie dürfen nicht vergessen für die Frau geht es nicht um ein Kind sondern um ein unerklärliches Etwas, ähnlich einem Tumor, also will sie dieses Etwas ausstoßen, sie handelt reflexartig, es geht ums nackte Überleben, zum Nachdenken ist keine Zeit mehr, sie ringt mit der Todesangst, sie ist tatsächlich in äußerster Not, sie kämpft um ihr Leben, ich überlasse es Ihrer Fantasie sich auszumalen wie traumatisch eine solche Entbindung nicht nur für die Mutter sondern auch für das Kind ist, in einem solchen Fall geht es nicht mehr darum ein Baby zur Welt zu bringen, es geht darum es sich aus dem Körper herauszureißen   (24)

22

Marionoune habe ich ein paar Stunden nach Baptiste kennengelernt, ihm bin ich zum ersten Mal an seinem Marktstand begegnet, wir haben angefangen zu schwatzen, ich habe ihm beim Zusammenpacken geholfen und bin dann mit zu ihnen hochgefahren, das war im Frühling, die Berge strahlten nur so, ich hatte eben geparkt und faltete mich noch aus meiner lächerlichen Karre heraus als ein Hund mich ansprang und mir Hände und Gesicht zu lecken versuchte, da hörte ich die Stimme von Marionouche, sie sagte nur den Namen des Hundes und sofort ließ Sucette von mir ab und lief zu ihrer Herrin zurück, das ist mein erstes Bild von Marionoune, mit ihren dicken Tretern und einem ihrer ewigen Wollpullis, und die Hündin zu ihren Füßen die sie anhimmelt, von dem Tag an besuchte ich sie regelmäßig sobald ich ein bisschen Zeit hatte, und Zeit habe ich genug aber dort oben gibt es immer einen Haufen Arbeit, diese oder jene Baustelle und eine Menge Kleinkram, es macht mir Spaß Baptiste zu helfen, zu zweit kommt man schneller voran, man langweilt sich weniger, und nach einem harten Arbeitstag sitzen wir beide meist noch gemütlich zusammen und quatschen ohne Ende, Marionoune murrt ein bisschen, sie muss früh raus zum Melken, eigentlich sollte sie ins Bett, aber Baptiste macht sich über sie lustig, du bist nichts weiter als eine verbitterte alte Bäuerin eine sauertöpfische alte Bäuerin die nur ihre Viecher im Kopf hat und nach Ziege riecht, die beiden bringen mich zum Lachen, noch vor ein paar Tagen haben wir so einen Abend miteinander verbracht, die Melksaison hatte noch nicht angefangen aber Marionouche steht immer bei Tagesanbruch auf, ich erinnere mich als ich mich am nächsten Morgen irgendwann mühsam aufrappelte, mit den Haaren vom Struwweltony wie sie immer sagt, da war sie schon nicht mehr da sondern sicher seit einer halben Ewigkeit bei den Ziegen oder sonst wo draußen bei der Arbeit, dabei war sie genau wie wir bis in die Puppen aufgeblieben, Baptiste und ich tranken gerade noch schweigend unseren Kaffee als die beiden hereingeschneit kamen, Marionounette mit der Mütze auf dem Kopf und von der Kälte geröteten Wangen und die fidele Sucette, die Hündin legte sich sofort auf ihr Stück Teppich, sie weiß dass Baptiste es nicht leiden kann wenn sie im Zimmer herumstromert, und ich sah wie sie wild mit dem Schwanz wedelte und Marionoune anschaute, bestimmt sagte sie ihr hast du gesehen Marion der ist noch im Haus der Tony der ist nicht fort hast du gesehen Marion der ist noch da, so eine Hündin wie Saucissette die ständig alles kommentiert hab ich sonst noch nirgendwo gesehen (27)

23

ich hatte den Boden unter den Füßen verloren, seit wir ausgestiegen waren bekam ich kein Wort mehr heraus, ich folgte, ich versuchte Marion nicht loszulassen, Marions Körper den sie jetzt mitnahmen, ich war außerstande zu sprechen, ich erinnere mich nur dass ich hörte wie Dédé zu der Hebamme sagte ich sei der Vater, meine anderen Erinnerungen sind verschwommen, wir sind wohl so gegen zwei Uhr morgens im Krankenhaus angekommen, aber ich denke das Baby an sich habe ich erst viel später akzeptiert, als man mir erklärte dass es Marion besser gehe, dass sich ihr Blutdruck stabilisiert habe, dass sie den Kreißsaal jetzt verlassen und aufs Zimmer gehen könne, ich begriff dass irgendwo ein Baby auf uns wartete eines das aus ihr herausgekommen war auch wenn dieses Baby eine Art Geisterwesen blieb das ich nicht bemerkt hatte, ich hörte sehr wohl dass es lebte, dass es ihm gut ging, dass es keine Folgeschäden hatte,

man hatte mir erklärt dass es auf die Frühchenstation
käme und wir es auch mal hochnehmen könnten wenn
wir wollten aber für mich blieb es völlig unwirklich,
ich hatte das Gefühl wenn ich es anzuschauen versuchte würde es sofort zu Staub zerfallen, eigentlich
dachte ich nur an Marion, ich lag ganz dicht neben
ihr, ich sorgte mich nur um sie   (25)

24

die Mutter hatte also allein zu Hause entbunden und
nach der Geburt gar nicht begriffen was passiert war,
sie kam stumm im Krankenhaus an, der Vater war bei
ihr, aber panisch, völlig verstört, auch er hatte das
Ganze noch nicht verarbeitet, sie waren von jemand
anderem zur Notaufnahme gebracht worden, und als
ich auf das Grüppchen zuging packte dieser zweite
Mann mich am Handgelenk, er sagte ich hab das
Junge, ich erinnere mich dass er diesen Begriff ver-
wendete, das Junge, er zog seine Jacke auf und ich sah
das Handtuch, und darin eingewickelt das Baby, die
ganze Fahrt über hatte es schön warm am Oberkörper
des Mannes gelegen, Sie müssen wissen ein Kind das
unter solchen Bedingungen geboren wird ist dem Tod
geweiht wenn die Mutter nicht schnell genug aus ihrer
Apathie herausfindet, denn eines dürfen Sie nicht
vergessen für sie ist das Kind kein Kind, man muss
wirklich begreifen dass sich alles in ein paar Minuten
entscheidet, und wenn die Mutter dabei allein ist kann
es zum Schlimmsten kommen, bei dieser Geschichte
hatte das Baby einfach großes Glück, ein Schutzengel

hat seinen Weg gekreuzt, nicht allen Kindern ist so
eine märchenhafte Rettung vergönnt   (26)

25

in dieser ersten Nacht hatte ich große Angst sie zu
verlieren, ich hielt sie im Arm, ich sang ihr ganz leise
vor, zuweilen bekommt Marion Angstanfälle aber sie
spricht nie darüber, manchmal frage ich mich ob sie
sich bewusst ist dass sie leidet, ich kann nicht erklären
was diese Anwandlungen auslöst, woher sie kommen,
wir sprechen nicht darüber, Marion gibt ohnehin
wenig über sich preis, sie ist eine verschlossene fast
schon scheue Frau, ich bin sicher dass unser einsames
Leben dort oben nur wir zwei und die Tiere ihrem
Charakter entspricht, sie kann sich abseits halten, wie
im Verborgenen, ich hatte oft das Gefühl dass der
Kontakt zu anderen sie aus dem Gleichgewicht bringt,
es gibt nur wenige Menschen wie zum Beispiel Tony
die sie nicht beunruhigen, aber sogar ihm vertraut sie
sich nicht an, Marion lässt sich nur schwer entschlüs-
seln, eines der wenigen Dinge die ich über sie weiß ist
dass mein Singen sie besänftigt, in den Nächten wenn
sie mir aufgewühlt erscheint singe ich für sie die
selbst nie singt, ich habe mir angewöhnt ihr ins Ohr
zu summen damit sie wieder ruhig wird, das tue ich
wenn sich etwas in ihr verkrampft, sich verschließt,
aber noch nie habe ich sie so verstört gesehen wie dort
im Badezimmer, ich verstand überhaupt nichts mehr,
selbst nach all unseren gemeinsamen Jahren bleibt
Marion für mich ein Rätsel, als mir im Krankenhaus

klar wurde dass etwas richtig Schlimmes geschehen war, dass Marion es vielleicht nicht überstehen würde, da habe ich nur diesen Ausweg gewusst, ihr die Melodien vorsingen die sie liebt und hoffen dass sie sie irgendwie erreichen   (32)

26

der Vater hat anständig reagiert, manche legen ein brutales Verhalten an den Tag, suchen die Schuld bei der Frau, werfen ihr vor sie würde lügen und hätte ihnen die Schwangerschaft verheimlicht, sind eifersüchtig, bösartig, er nicht, den ersten Moment der Unschlüssigkeit hatte er recht schnell überwunden, er hörte sich unsere Erklärungen an, die Mutter dagegen bekam nichts mit, gab nichts preis, kein Wort, keine Geste, kein Schrei, nichts, sie war wie betäubt, sie fand nicht mehr in die Normalität zurück, der Vater bat darum mit im Zimmer übernachten zu dürfen, er wollte das Beistellbett das wir für ihn aufgebaut hatten nicht benutzen, er schlief bei ihr, es lässt sich nur schwer sagen wie stark man sich in solch ein Leben einmischen darf, wer wenn nicht der eigene Ehemann hätte wohl eher das Recht die Hand einer so tief erschütterten Frau zu halten, warum sollte man einem Mann den Platz streitig machen der sich entscheidet für seine Partnerin da zu sein, ich neige dazu dem Paar zu vertrauen auch wenn dieses spezielle Paar mit einer fürchterlichen Blindheit geschlagen war, ich möchte an das Neue glauben, das aus solchen Verwerfungen entstehen kann, an die heilsame Seite des Schocks, ich habe eine Schwäche für hübsche Romanzen, in jener Nacht bin ich noch ein paar Mal in das Zimmer zurückgekehrt, die beiden machten einen ruhigen Eindruck auf mich, er wirkte sehr zugewandt, er ließ sie nicht im Stich auch in diesem Punkt wollte ich sichergehen, wegen der Mutter-Kind-Bindung würde man später weitersehen, das eilte nicht, ob sie ihr Kind letztendlich annimmt oder ablehnt darüber habe ich natürlich nicht zu urteilen, ich habe nicht einmal das Recht irgendetwas zu hoffen, diese Entscheidung hat sie selbst zu treffen, zunächst einmal muss man der Frau helfen aus ihrem Schmerz herauszufinden unabhängig davon ob das Kind zu seiner Mutter zurückkehrt oder zur Adoption freigegeben wird, was das Baby anbelangte so bestätigten die ersten Untersuchungen dass es ihm gut ging, es hatte sich erholt, es war erfreulich robust, im Laufe des Tages wollte man noch eine Reihe zusätzlicher Tests mit ihm machen aber ich war zuversichtlich, man kann sich leicht vorstellen über welch außergewöhnliche Lebenskraft diese Kinder verfügen   (30)

27

ich dachte wieder an Marionouchette daran wie ich sie zuletzt gesehen hatte, ich versuchte mir auszumalen wie dieses Kind in ihr heranwuchs trotz der körperlichen Anstrengungen und der Trinkgelage, ich versuchte mir einzureden dass diese Frau die eben ein Kind geboren hatte wirklich die Marion war mit der wir ohne etwas zu ahnen gelebt und gelacht hatten,

Marionounette die bis zuletzt weitergemacht hatte wie immer, ohne irgendeine Schwäche zu zeigen, wieder und wieder betete ich mir vor unsere Marionouche hat ein Baby gekriegt, ich versuchte es zu glauben, ich versuchte es aber es passte nicht zusammen (29)

28

Léon hat den Aushang beim Hineingehen gelesen und beim Hinausgehen gleich noch einmal um sich zu vergewissern dass er nichts vergessen hatte, Sie müssen wissen sein Gedächtnis ist nicht mehr das Beste, von meinem Fensterplatz aus konnte ich nicht entziffern was sie geschrieben hatten, sehen Sie Monsieur, ich habe hier gegenüber zwar eine gute Sicht aber die Straße ist eben doch zu breit, trotzdem den Aushang selbst konnte ich erkennen, oh man hätte sich schon anstrengen müssen um ihn zu übersehen, man konnte unmöglich daran vorbeilaufen, finden Sie das nicht taktlos Monsieur, dass man sich traut solche Dinge zu schreiben, als könnte sich nicht jeder um seine eigenen Angelegenheiten kümmern, heutzutage ist jeder Vorwand recht um von Almosen zu leben, man könnte fast meinen sie hätten nie gelernt sich zu benehmen, ich weiß sehr wohl dass die Erziehung der jungen Leute nicht mehr ist was sie einmal war aber ein bisschen Zucht und Ordnung hat noch keinem geschadet, als würde es nicht genügen dass der Staat für ihren Unterhalt aufkommt, nein sie verlangen noch mehr, und ich kann Ihnen versichern sogar Léon findet das nicht normal, und Léon ist schließlich seit zwei Wahlperioden Bürgermeister, er hat miterlebt wie sie alle sich niedergelassen haben, und nie hat er etwas gegen sie gesagt Monsieur, nicht ein Wort, es ist nicht so dass er ihnen Steine in den Weg gelegt hätte, oh gewiss nicht, Léon ist kein schlechter Mensch, ich sage ihm immer wieder du setzt dich nicht genug durch nimm deine Bürger an die Kandare sonst tanzen sie dir auf der Nase herum, tja und das haben wir jetzt von seiner Großzügigkeit (44)

29

an die Tür hatten die Adèles einen Aushang geheftet super dringend wir suchen Helfer und Sachen um die Rückkehr von Marions und Baptistes Baby vorzubereiten, drinnen ging es zu wie im Bienenstock, die Strickgruppe lief zur Höchstform auf, als Erstes mussten Säuglingskleider ins Krankenhaus gebracht werden, und Sachen für Marionoune, sie sagten Tony sobald wir alles zusammenhaben fährst du rüber, ich mochte ihr tatkräftiges Organisieren, man konnte fast meinen die Adèles wären direkt einem antiken Mythos entsprungen mit ihren zwei Köpfen und ihren tausend Armen und ihrer Macht alles was sie berührten in Gold zu verwandeln, ein paar Stunden später bestellten sie mich wieder ein, in Ordnung du kannst kommen wir haben alles Nötige beisammen, als ich eintraf stand schon eine Tasche bereit mit ein paar Kinderzeichnungen obendrauf, ich fuhr zur Frauenklinik, ich sagte mir halt dich zurück Tony, dräng dich nicht auf, lass die beiden für sich sein, ich übergab die

Sachen einer Stationshilfe, sie fragte mich von wem
ist das, ich antwortete von allen   (37)

30

das Frustrierende an unseren Abläufen ist dass man
eine Situation abgeben muss obwohl sie noch lange
nicht abgeschlossen ist, diese Frau brauchte Hilfe, sie
hatte die Schockstarre in die sie bei der Niederkunft
verfallen war noch nicht hinter sich, ich wäre lieber
dageblieben aber meine Schicht endete am Morgen,
so sind unsere Arbeitspläne nun mal, wenn ich darum
gebeten hätte den Dienstplan umzuwerfen hätte man
mich ausgelacht und zu meiner Katze nach Hause ge-
schickt, ich kann es nicht richtig begründen aber ich
war davon überzeugt dass mein Platz bei ihr war, vielleicht halten Sie das für überheblich aber ich glaube
ich hätte ihr guttun können, ich fühlte mich schuldig
sie so im Stich zu lassen, trotzdem verabschiedete ich
mich brav aus dem Krankenhaus, ich ging nach Hause,
ich ließ sie los   (34)

31

ich stand im tosenden Wind auf einem schmalen Grat,
ich wollte fliegen, mich von den hohen Felsen schwingen, mich von den Windstößen beuteln lassen, ich
hatte das Bedürfnis zu fliegen aber Baptistes Arme
hielten mich zurück, ich spürte die Leere um mich
her, eine entsetzlich verlockende Leere, ich verspürte
den Drang zu fallen, ich wollte stürzen, zerschellen,
ich hätte die Klippe in allen Einzelheiten beschreiben

können, Hunderte und Hunderte von Metern Steilwand riefen nach mir, aber Baptiste presste mich fest an sich und hinderte meine Flügel daran sich zu öffnen, er sang obwohl ich nichts mehr hören wollte außer dem Wind und dem Brausen, keine Stimme, aber vielleicht war Baptiste nur ein Traum, ein böser Traum, der mich zwang im Leben zu bleiben, vielleicht würde seine Hand diese Hand sich verflüchtigen und nichts als Staub von ihm zurückbleiben, vielleicht, ich nahm diese Hand in meine, aber statt sich aufzulösen streichelten seine Finger meine, Baptiste war tatsächlich da, an mich geschmiegt die ich doch am liebsten allein gewesen wäre, an mich die ich davon träumte fortzufliegen, weit weit weg, endlos, zu fliegen und dann zu zerschmettern, damit alles aufhörte, er klebte an mir und umschloss meinen Körper mit seinen Armen und meine Finger mit seinen Fingern (33)

32

als sie sich endlich bewegte hatte ich bestimmt schon stundenlang gesungen, ich war erschöpft, jetzt flüsterte ich mir ein paar Mal diesen Satz vor, wahrscheinlich musste auch ich ihn hören, wir haben ein Baby Marion wir haben ein Baby wir haben ein Baby (35)

33

ich hätte ins Leere springen wollen aber jedes Mal wenn er es aussprach stieß das Wort mich noch tiefer in die morastige Erde, ich wollte fliegen und steckte fest, der Schlamm versuchte mich zu bedecken, sich über mir zu schließen, mich zu begraben, ich kämpfte aber Baptiste redete weiter und je mehr er redete desto schwächer wurde ich, er wiederholte dieses Wort das mich überschwemmte, ich verlor den Boden unter den Füßen, ich war eine offene Wunde die immer weiter aufriss, ich hätte schreien wollen, schreien müssen, aber mein Mund war voller Schlamm, Baptiste hielt mich noch immer in seinen Armen und ich wollte ihn nicht mehr hören, nichts mehr hören, er wiederholte dieses Wort in meine Ohren, wieder und wieder dieses eine Wort, und ich flehte meine Ohren an sich ebenfalls mit Schlamm zu füllen statt ihm zuzuhören, weil dieses Wort, nein, dieses Wort konnte ich nicht (36)

34

ich habe diesen Beruf aus Leidenschaft gewählt, ich bin ihn niemals müde geworden, wenn also mein Team die Übergabe macht, wenn ich nach so vielen Stunden der Konzentration wieder allein zu Hause bin, ist der Wechsel manchmal etwas schwierig, es fällt mir nicht leicht mein normales, ruhiges Leben wieder aufzunehmen, natürlich ich habe Grocha und Sie wissen so gut wie ich warum man sich Haustiere anschafft und welchen Stellenwert sie haben, aber als ich da im Wohnzimmer saß mit meiner Katze auf dem Schoß da fiel ich plötzlich in ein echtes Loch, bestimmt die Müdigkeit, ich hätte ausspannen, ausschlafen sollen, manchmal lege ich mich gleich nach dem Heimkommen hin, aber an jenem Morgen war ich in einer besonderen Verfassung, ich konnte die Erinnerung an diese ganz auf sich selbst zurückgeworfene Mutter nicht vertreiben, ich dachte wie furchtbar muss seelisches Leid sein wenn es eine Frau dazu bringt ein Baby in sich wachsen zu lassen und ihm dann seine bloße Existenz zu verweigern, was muss man erlebt haben dass sich der Körper einer solchen Forderung des Unterbewussten beugt, warum ist es so unerträglich sich als schwanger zu akzeptieren, wovor muss man sich schützen dass man es so stark ablehnt auf sich selbst zu hören (47)

35

und ich habe es geschafft Worte für diese verrückte Nacht zu finden, ich habe Marion lange erklärt was geschehen war, uns ist was passiert Marion wir haben nichts kommen sehen du nicht und ich auch nicht das ist unfassbar ungeheuerlich du hast dich um die Ziegen gesorgt während du gleichzeitig ein Baby erwartet hast dabei habe ich doch deinen Bauch und deine Brüste berührt ich habe meine Hände darauf gelegt aber nichts gespürt wir haben ohne es zu wissen ein Baby wachsen lassen ich habe immer laut getönt dass ich nie im Leben ein Kind haben wollte vielleicht hat es ein Baby gebraucht das noch dickköpfiger ist als ich um all meine Überzeugungen über den Haufen zu werfen und jetzt habe ich das Gefühl dass ich Lust auf dieses Kind bekomme ich glaube ja ich spüre dass es anfängt stell dir vor Marion wir haben ein Baby wir haben ein Baby (38)

36

egal was er sagte ich hörte immer nur dieses eine Wort,
und plötzlich sprang der Pfropf ab der die Laute in
meiner Kehle verschlossen hatte, doch heraus kamen
keine Schreie sondern Wörter, ich hörte mich selbst
sagen, die Ziegen ich muss zurück zu den Ziegen, das
war fast schon lustig, diese scheinbar unbedeutenden
Wörter zermalmten augenblicklich das andere Wort,
löschten es aus, und mit ihm die Angst, alles wurde
gleißend wie ein Feuerwerk, ich sah nur noch das
Knallen, die Lichter, die Farben, für einen kurzen
Moment vergaß ich dass sich nach dem funkelnden
Wunder abermals die grauen Schatten über mich sen-
ken würden   (39)

37

dann und wann schlug eine von ihnen auf den Tresen,
fuhr dazwischen, heda Ruhe es reicht, den Adèles
zufolge soll ihre Wirtschaft den unterschiedlichen
Ansichten Gehör verschaffen, die öffentliche Meinung
sondieren und entgleisenden Debatten auch mal eine
neue Richtung geben, eine Neuigkeit wie diese bot
natürlich Stoff für Auseinandersetzungen, wenn also
die Diskussion in Streit ausartete mussten die Que-
rulanten auf Geheiß der Adèles die an die Wände
gepinnten Zeugenberichte und Zeitungsartikel lesen,
die beiden hatten den Text von irgendeinem Arzt
hochkopiert was nicht dumm war denn was ein Weiß-
kittel sagt gilt hier bei uns auf dem Land als göttliche
Weisung, außerdem waren die zwei schnell auf die

Idee gekommen einen Aufruf für eine kollektive Baustelle zu starten, drei Viertel der Leute hier haben
keinen Job, dafür aber viel Zeit, dem würde sogar
Madame Peyre zustimmen, die beiden gingen davon
aus dass jeder sich auf irgendetwas verstand, damit
allerdings wäre Madame Peyre sicher weniger einverstanden, laut den Adèles konnte die Aktion also gar
nicht schiefgehen, man musste sie bloß richtig ko-
ordinieren, was für die zwei offenbar überhaupt kein
Problem darstellte, ihr schlagendes Argument lautete
wenn Marion in ein paar Stunden etwas geschafft hat
wofür alle anderen neun Monate brauchen warum
sollten nicht auch wir so etwas hinkriegen, bei den
Adèles ist immer alles ganz einfach, sie haben uns also
drei Tage Zeit gegeben damit das Haus ein Kinder-
zimmer bekommt, das war völlig verrückt, ich musste
mich zusammenreißen um nicht laut loszulachen, ich
dachte das ist doch ein Witz, aber denkste   (40)

38

ich weiß ja nicht wie andere Väter reagieren wenn
sie zum ersten Mal ihr Kind sehen, ich weiß nicht
wie ein normaler Vater funktioniert, ich jedenfalls bin
der Krankenschwester gefolgt, sie hatte mir gesagt
wir gehen zusammen hin, ich lief also hinter ihr her,
ich schaffte es nicht einmal neben ihr zu gehen, ich
war noch vollkommen durcheinander, immer wieder
sagte ich mir ich werde das Baby sehen, und ich hörte
Marions Stimme die von Ziegen redete, Marion weigerte sich es zu verstehen, es zuzugeben, ich sagte mir

pass auf, lass dich nicht auf ihren Wahnsinn ein, du weißt dass Marion manchmal seltsam reagiert, denk an das Baby, das Baby zuerst, lass dich nicht davon irremachen was Marion erzählt, die Krankenschwester öffnete die Tür und ich weiß nicht was ich erwartete, einen Säugling ganz allein in einer hübschen Wiege vielleicht, aber sie lagen in so durchsichtigen Kästen, identische Babys unter gleichfarbigen Bettdecken, ich dachte nie im Leben werde ich meines erkennen, ich blieb stehen, ich konnte nicht weiter, da sagte sie das hier ist es Ihr Baby (43)

39

und überall um mich her zerfiel die Landschaft, stürzte ein, schmolz zusammen und rann zu Boden wo sie vom Schlamm verschluckt wurde, der Treibsand drohte, versuchte mich einzusaugen, der trügerische Boden wollte nichts weniger als mich zu verschlingen, verzweifelt suchte ich nach Halt, und dann sah ich ein Stück Himmel, Wolken zogen darüber hinweg und gaben mir Zeichen, ich riss die Augen auf, zwischen den Wolken erkannte ich meine Ziegen, ich sah sie hüpfen, Luftsprünge vollführen, sie spielten Verstecken, verschwanden und tauchten wieder auf, sie lächelten mir zu, ich durfte nur nicht mehr meine Augen vom Himmel abwenden (41)

40

ich hörte ihm so aufmerksam wie möglich zu, ich wusste dass er das von mir erwartete, er sagte lach

nicht Tony als ich es in meine Hände genommen hab
da hat es mich glatt umgehauen ich hab es begriffen
das ist das richtige Baby unseres ich hab es erkannt das
hört sich bescheuert an das klingt läppisch und trotzdem Alter trotzdem ich weiß nicht warum vielleicht
seine Art sich anzukuscheln ich hab mir gesagt es
erkennt meine Hände das fand ich einleuchtend denn
in all den Nächten als ich glaubte meine Hände nur
auf Marion zu legen war es in Wirklichkeit das Baby
das sich in sie eingeschmiegt hat deswegen erkennt es
meine Hände und meine Hände erkennen es auch
lach mich ruhig aus Tony sag mir ruhig dass ich rühr-
seligen Stuss erzähle das ist mir wurscht ich schwör's
dir mein Baby und ich wir haben uns erkannt   (42)

41

die Wolken riefen nach mir und Baptiste war fort, ich
betrachtete das Fenster mit dem Himmel darin, in
diesem Himmel spielten die Ziegen, ich wollte auf-
stehen und auf sie zugehen, mich zu ihnen gesellen,
meine Beine begannen zu zittern, meine Knie schlot-
terten, ich wollte den Himmel erreichen, ich wollte
stehen und es bis zum Himmel hinüber schaffen aber
mein Körper funktionierte nicht mehr, mein Körper
gehorchte mir nicht, dabei war der Himmel ganz nah,
und das Fenster in Reichweite, aber mein Körper
wollte nicht, mein Körper wollte nicht mehr, mein
Körper hat einfach nicht gewollt   (45)

42

Baptiste bat mich achtzugeben dass niemand zu Besuch
kam, er sagte auch dass er den Eltern von Marionouche
und ihren Schwestern bald Bescheid sagen müsse, aber
dass es dazu noch zu früh sei, er wiederholte block
alles ab Tony block alles ab wir brauchen Zeit für uns,
das ist für die Adèles und mich zur Devise geworden,
wir blocken alles ab   (56)

43

jemand hat uns Sachen gebracht, ich dachte erst das
Krankenhaus stellt uns jetzt das Nötigste zur Ver-
fügung, aber dann fand ich Zeichnungen mit Marion
und mir darauf, sie mit ihrer Mütze und den dicken
Tretern und ihrem Hirtenstab, und manchmal auch
mit rundlichem Bauch unterm Pulli, oder auch ein
selig schlafendes Baby mitten in der Herde, oder ein
kleines Kind das neben uns herläuft   (53)

44

aber die Badewanne, oh Monsieur als ich von der
Badewanne gehört habe da wurde mir ganz anders,
Léon sagte mir Dédé habe das Baby aus der Badewanne gefischt, oh das hat mir einen Stich versetzt,
alles ist wieder hochgekommen, was hatte sie vor, was
hätte sie getan wenn Dédé nicht dazugekommen wäre,
oh Monsieur wenn ich von solchen Abscheulichkeiten
höre dann graut es mir, ach herrje ich habe Fälle wie
diesen gesehen, ich war ja Grundschullehrerin und
die Eltern die lächelten mich honigsüß an während

der Kleine überall auf dem Körper blaue Flecken hatte, sie versuchten auszuweichen, lenkten das Gespräch auf andere Themen, sie haben es genauso gemacht wie die dort oben, hören Sie sich doch im Dorf einmal um was so geredet wird, alle sind ganz aus dem Häuschen weil sie keinen Bauch hatte, darum geht es in den Unterhaltungen, aber mit so etwas macht man keine Scherze, Sie kennen ja inzwischen die Jahreszeit und die Gegend hier, ohne Pullover oder Mantel setzt niemand einen Fuß vor die Tür, ein dicker Bauch lässt sich im Winter also problemlos verstecken, außerdem kommt sie nicht oft von dort oben herunter, glauben Sie mir man darf sich nicht mit solchen Details aufhalten, ich sage Ihnen das Problem liegt anderswo, sie können sich auf meine Erfahrung verlassen, ich hoffe die Justiz wird eingreifen, denn solche Abartigkeiten sind unerträglich, ich kenne diese Art Eltern Monsieur, oh wenn Sie gesehen hätten was ich gesehen habe, dieser kleine Junge, oh dieser kleine Junge Monsieur, seine Schultern, seine Rippen, und er kam in den Unterricht, er setzte sich, er tat als wäre alles in Ordnung, oh wenn Sie ihn gesehen hätten Monsieur   (51)

45

irgendwo musste es eine Welt aus Bergen und Wiesen geben, eine Welt aus Sonne und Regen, eine Welt ohne Menschen, einen Ort wo ich nicht mehr Gefahr lief dass man mich berühren, mich anschauen, mit mir sprechen wollte, irgendwo musste es eine solche

Welt geben, ein friedvolles Anderswo, doch in dem Schlamm der mich gefangen hielt bewegte sich alles, es wimmelte, es zeterte, es fasste mich von überallher an, es überwältigte mich mit Geräuschen, Augen, Fragen, ich zitterte, ich erstickte, ich flehte dass der Kloß der sich wieder in meinem Hals gebildet hatte, der meine Worte und meine Schreie blockierte, zu meinen Ohren weiterwandern möge damit ich nichts mehr hören musste, ich träumte davon aus der Welt herauszutreten   (48)

46

sie mag das Lammen, in der Jahreszeit da kann sie's nie abwarten dass es anfängt, die letzten Tage hält sie's kaum mehr aus, ich sag oft zu ihr hättest halt Kühe nehmen sollen dann hättest du das ganze Jahr über Geburten, sie antwortet mir ach mein süßer Dédé mit Kühen würd ich mich langweilen die bewegen sich nicht genug, also sag ich ach was das sagst du doch bloß weil du eifersüchtig bist, so necken wir uns eben, aber stimmt schon ich komm mit Kühen besser zu Streich, Ziegen hat's bei uns nie welche gegeben, na was soll's jetzt hatte ich keine Wahl ich musste ran, nur wenn's nicht deine eigenen Viecher sind stellst du dich halt blöd an, du hast Angst Mist zu bauen, und davor dass du nicht im richtigen Moment da bist, aber dann hab ich mir gedacht verflucht noch eins ist doch nicht wie beim Kalben, so'n Zicklein das ist kleiner, da gibt's nicht das gleiche Risiko, und zwei Minuten später hab ich mich selber geschimpft, was bist du doch für ein Hornochse Dédé, werfen ist werfen, manchmal klappt's von ganz allein aber genauso gut kann's schiefgehen, da muss das Junge nur falsch rum liegen oder zu groß sein und schon ist die Scheiße am Dampfen, nu ja ich hab mir halt nen Kopf gemacht, die Marion mit ihren Ziegen dauernd sag ich ihr du machst dir zu viel Arbeit bringst sie fast jeden Tag raus, ich mach mich eben über sie lustig, warum reißt du dir 'n Bein aus mögen deine kein Heu oder was, sie antwortet das hält sie in Form und sie kämpfen dann drinnen weniger außerdem verputzen sie alles was deine Kühe nie anrühren würden und darüber dass du weniger Brombeerranken hast wirst du dich wohl kaum beschweren Dédé obendrein spar ich mir das ganze Heu, was meinen Sie soll ich da drauf sagen, sie weiß ja dass sie recht hat, sogar bei Schnee bringt sie sie raus, sieht schon schön aus diese Prozession durchs Weiß, sie vorneweg und die Herde wie aufgefädelt hinterdrein, das muss man ihnen schon lassen die Viecher sind hartgesotten genau wie ihre Herrin, denen ist das schlechte Wetter schnurzegal, die Marion hütet sie fast jeden Tag vier fünf Stunden am Stück, sogar wenn's Stein und Bein friert, oh man versteht schon warum sie so eine gesunde Gesichtsfarbe hat, klar sie ist unverwüstlich, aber ich hab nicht ihre Gesundheit, und weil ich am Morgen schon ne ordent- liche Portion ausgeteilt hatte hab ich mir gedacht du gehst erst am Abend wieder hin, kurz bevor's dunkel wird, auf die Art kommen die Viecher gar nicht erst auf die Idee dass du sie rausbringen könntest, du gibst

ihnen noch mal Wasser und Heu, und du schaust sie
dir genau an ob bald schon welche so weit sind, aber
vorher wär's gut du rufst bei der Marion an, damit
sie's dir erklärt, dass du bloß nichts übersiehst   (52)

47

Grocha schlief aber ich schaffte es nicht ins Bett zu
gehen, obwohl ich es nur ungern zugebe wusste ich
genau was mich umtrieb, ich fühlte mich furchtbar
beklommen weil ich das Verhalten einiger Kolleginnen
nur schwer ertrage, ich mag ihre Härte, ihre Abge-
brühtheit, ihre Gleichgültigkeit nicht, dabei bin ich
mir meiner Schwäche seit Langem bewusst, ich schaffe
es nicht zu delegieren, ich kann nicht loslassen, vielleicht engagiere ich mich in meinem Beruf zu stark,
aber wie kann man ohne Begeisterung als Hebamme
arbeiten, ich hatte Angst dass sie es übertreiben, dass
sie ihr das Baby mit Gewalt aufdrängen, zu grob mit
ihr reden, sie aufschrecken würden, ich versuchte mir
gut zuzureden, ich konnte schlecht zurück auf Station
gehen um nachzuschauen ob alles korrekt lief, ich
hätte mir einen Verweis eingehandelt, ich konnte
durch eine Kurzschlusshandlung nicht einfach fünf-
unddreißig Berufsjahre aufs Spiel setzen, ich war
unnatürlich nervös, ich hatte keine Ahnung wie ich es
schaffen sollte drei Tage lang ohne jede Nachricht zu
warten, ich versuchte mich abzulenken, ich musste
diese Frau vergessen, mich mit etwas anderem be-
schäftigen, wenn ich mich ärgere lasse ich meine
schlechte Laune an meiner Katze aus, ich spreche mit

47

ihr, das ist wahrscheinlich bescheuert aber so reagiere
ich mich ab (49)

48

und sie hörten nicht auf mich zu begutachten, durch-
zuchecken, abzutasten, ich bewegte mich nicht, ich
reagierte nicht doch unter dem Puppengesicht brüllte
ein wütendes Monster, ich hätte zuschlagen, etwas
kaputthauen, ganz weit weg rennen wollen, ich hätte
alles zertrümmern mögen, aber sie kamen immer
wieder, sie überwachten mich, sezierten mich, ich
war eine Beute den Raubtieren ausgeliefert, die Menschenmenge in der Arena schrie meinen Namen, alles
um mich her drehte sich, ich wollte heim, durch den
Schnee gehen, die eisige Luft spüren, davonlaufen,
mir war zu heiß, ich erstickte, und Baptiste sprach
mit mir, Baptiste zeigte mir einen Zettel, Baptiste sah
mich an, drückte mir den Zettel in die Hand, drängte,
bedrängte mich, bis meine Augen dieses Wort lasen,
Dédé (50)

49

ich gab mir alle Mühe zu kochen während Grocha mir
um die Beine strich und darauf hoffte dass hier und
da ein lohnendes Stückchen abfiel, ich zwang mich
ihm jeden Schritt des Rezepts laut vorzusagen, es half
alles nichts, ich wurde von überallher belagert, von
Fragen und Befürchtungen bestürmt, wer ist schuld,
sie, ihre Eltern, ihr Mann, wie war ihre Kindheit, was
für ein Ereignis kann das Gehirn dazu bringen den

Körper so komplett zu blockieren, braucht es überhaupt ein besonderes Ereignis, ich versuchte mich weiter zu konzentrieren, ich klammerte mich an meine Katze, ich erzählte ihr irgendein Zeug, na worauf wartest du Dickerchen das würde dir gefallen wenn ich mir jetzt einen Finger abschneide du dicke Nudel du so ein Stückchen Frischfleisch das fehlte noch Krankschreibung und striktes Verbot das Krankenhaus zu betreten, und immer wieder kam ich unweigerlich auf sie zurück, warum hält der Fötus allem zum Trotz durch, woher hat er diese unglaubliche Willenskraft, wie schafft er es sich so normal und doch unauffällig zu entwickeln, denn ich glaube ich habe Ihnen noch nicht erzählt dass dieses Baby ein Prachtkind war, das perfekte Baby von dem jede Mutter träumt   (57)

50

ein riesiger Kerl kam seelenruhig über den steil abfallenden Kamm auf mich zu, ein Hüne den kein Wind ins Wanken brachte, hinter ihm ahnte ich die Herde, ich hörte die Glocken, und dann sah ich sie, meine Ziegen, es fehlte keine einzige, Dédé brachte sie aus den Wolken zurück, verspielt sprangen und hüpften sie umher wie sie es tun wenn sie glücklich sind, ihr langes Fell flatterte im Wind, ich fand sie unglaublich schön, und fröhlich, so fröhlich, ihr süßer Honiggeruch stieg mir in die Nase, auf meinem Gesicht spürte ich die nun frischere Luft, schon atmete ich leichter, ich hatte das Gefühl aus unendlicher Ferne zurückzukehren, Dédé und die Herde hatten mich

ohnmächtig geborgen, beherzt hatten sie meinen
Körper aus der Tiefe einer engen Felsspalte hinauf-
befördert in der ich mich ohne sie langsam von der
Kälte hätte bezwingen lassen   (74)

51

wie soll ich den Menschen nicht misstrauen Monsieur,
nachdem ich einen solchen Fall miterlebt habe, der
Kleine hieß Denis, ich erinnere mich noch genau an
seine großen blauen Augen, aber seine Familie ist
mitten im Schuljahr weggezogen, sie sind ohne jede
Erklärung über Nacht verschwunden, ihr Haus leer
und nie mehr eine Nachricht, er hieß Denis und er
versuchte trotz allem zu lächeln, und jetzt sagen die
Leute ich sei bösartig, im Dorf heißt es Madame Peyre
ist eine böse Hexe, oh ich weiß es wohl Monsieur, das
sagen sie weil ich niemandem aufmache, weil ich mich
zu Hause verschanze, weil ich aus dem Fenster schaue,
aber was Monsieur soll ich nach so einer Sache sonst
auch machen   (54)

52

ich hab gesagt ich bin's Dédé wie geht's der Marion,
er hat nicht geantwortet, er muss ihr das Telefon
rübergereicht haben, ich hab gehört wie er ihr sagt es
ist Dédé, einen Moment lang war keiner dran, aber
dann hat sie doch danke Dédé geflüstert, aber mit so
einer hauchzarten Stimme Herrgott, man hätt meinen
können ein Tier das nicht mehr den Mut zum Kämpfen hat, und wenn dir das bei einer passiert die du dir

nicht wegsterben lassen willst dann schüttelst du sie, du treibst sie an, du rubbelst sie überall ab damit das Blut in Gang kommt, du willst dass das Leben in ihren Körper zurückkehrt, also hab ich ununterbrochen auf Marion eingeredet, du machst dir doch hoff ich keine Sorgen weil deinen Mädels denen geht's gut und heut Morgen war alles ruhig und Herrgott die haben nicht mal gemeckert weil nur ich da war und reg dich nicht auf ich geh gleich wieder hoch und füll ihnen die Raufen nach aber wegen dem Lammen musst du mir alles sagen wie weit sie sind und welche ich im Auge behalten muss damit ich's so mache wie du's gemacht hättest und ob ich alle Jungen drunter lass oder ob ich welche rausnehmen muss und ob ich ausmelken soll nu ja du musst mir halt alles sagen dass ich bloß keinen Bockmist mach ist ja deine Herde deshalb brauch ich eben deine Hilfe Marion du musst mir alles erklären damit ich keinen Scheiß bau, und dann hab ich mir gedacht jetzt reicht's, halt deine Klappe, lass nun sie reden, dann war wieder Stille, sie hatte Mühe aus ihrer Starre rauszukommen, aber dann hat sie wieder mit ihrer leisen Stimme angefangen, als Erste kommt die Schwarze, was soll das heißen die Schwarze protestier ich, du hast mindestens zehn Schwarze welche ist denn deine Schwarze, ich fuhr ihr in die Parade, mit voller Absicht, man musste sie durchrütteln, zusehen dass sie nicht einschlief, die Schwarze mit dem Komma auf der Stirn Dédé, ah ja alles klar und dann was mach ich dann wenn sie wirft deine Schwarze mit dem Komma hm was mach ich

guck ich ihr zu oder helf ich ihr bleib ich bei ihr oder
lass ich sie in Ruhe was mach ich dann, Sie werden
sagen dass ich nicht grad sanft mit ihr umgesprungen
bin aber es war nicht der Moment zum Sanftsein, man
musste sie schelten, ich hab gespürt dass es anfing zu
wirken, sie bekam wieder Lust zu erklären, sie hatte
noch Aussetzer, wie ein feucht gewordener Motor,
aber ich brauchte ihr nicht mehr so auf die Pelle zu
rücken, sie fand ein bisschen Gefallen an der Sache,
sie sagte ach Dédé es ist doch noch gar nicht so weit
bis dahin bin ich längst zurück dann bin ich wieder
da, und ich sagte mir das wär geschafft, jetzt kann ich
sie in Frieden lassen   (55)

53

die Entscheidung kein Kind zu bekommen haben
Marion und ich gleich am Anfang getroffen als wir uns
kennengelernt haben, ich wollte dass wir das ein für
alle Mal entscheiden, damit es in unseren Gesprächen
nicht ständig wieder hochkommt, damit es uns nicht
gegeneinander aufbringt, aber Marion sagte zu mir
ich weiß wie du darüber denkst dann bekommen wir
eben keine Kinder, so laufen die Diskussionen mit
Marion, die Dinge ziehen sich nicht in die Länge, ich
wollte kein Kind und sie hat das akzeptiert, damit war
alles geklärt, wir brauchten es nie wieder zu disku-
tieren   (70)

54

und vielleicht ist der kleine Denis ja daran gestorben, wer weiß Monsieur, wer weiß, und ich ich habe einfach nichts gesagt, ich habe mich nicht getraut, das gehörte sich nicht, außerdem war ich jung, aber jetzt kann ich solchen Abscheulichkeiten nicht mehr tatenlos zusehen, weil eine Frau die ihre Schwangerschaft verbirgt, die heutzutage allein zu Hause entbindet, die ihr Kleines unversorgt liegen lässt, ein Neugeborenes in einer Badewanne, wie nennen Sie das Monsieur (89)

55

ich hab ihn am Motor erkannt, ich hab mir so gedacht verflucht was ist denn jetzt los, hier hoch kommt er doch normalerweise zuletzt, jeder weiß dass man es bei Schnee mit dem Geländewagen gut durchschafft, die können sich also erst um die andern Straßen kümmern, und Straßen gibt's in der Gemeinde ja nicht grad wenige, gebahnt werden muss zuerst für die Kinder und für alle die zum Arbeiten runter müssen, deshalb war es komisch dass ich ihn schon jetzt hab kommen hören, also bin ich raus, ich hatte eben gegessen, ich war beim Abwaschen, es war tatsächlich der Traktor wie ich's mir gedacht hatte, mit dem Pflug vornedran montiert, wir haben uns zugewunken, er hat weiter seinen Job gemacht und ich bin wieder an meinen Abwasch gegangen, und ich hab mir so gedacht die Schneewehe von der Kehre die macht's jetzt bestimmt nicht mehr lang (61)

56

ich habe ihm gesagt drück mir die Marionouchette
ganz ganz fest, und er hat mir geantwortet du weißt
ja Marion ist nicht so der Drück-mich-Typ   (63)

57

meine Katze hatte mich im Stich gelassen, bestimmt
war ihr meine Nervosität zu viel geworden, ich schaffte
es weder zu schlafen noch mich auf irgendetwas zu
konzentrieren, ich war merkwürdig zappelig, in meiner ganzen Laufbahn habe ich meines Wissens noch
nie einen solchen Zustand der Verwirrung erlebt, je
mehr Zeit verging desto stärker fühlte ich mich von
meinen Empfindungen überrollt, ich sagte mir und
ich geh doch hin, das hatte ich noch nie getan, außer-
halb meiner Schicht ins Krankenhaus zurückkehren,
meinen Kolleginnen auf die Finger schauen, ich kann
Ihnen versichern ich war nicht gerade stolz auf mich,
als sie sich wunderten dass ich zurück auf Station war
erzählte ich ihnen etwas über irgendeine entfernte
Cousine, und dann vor der geschlossenen Tür stand
ich da wie erstarrt, konnte nicht klopfen, nicht eintreten, was sollte ich schon sagen, mit welchem Recht
durfte ich diese Leute stören denen ich nichts bedeu-
tete, ich versuchte mich zur Vernunft zu rufen, und da
sah ich ihn am Ende des Flures, er hielt das Baby, er
sprach mit ihm, er blickte sein Kind mit einem strah-
lenden Lächeln an, und dieses grenzenlose Lächeln des
Vaters beruhigte mich sofort, ich machte unauffällig
kehrt, erschöpft wie ich war genügte dieses Lächeln

um mich davon zu überzeugen, dass das Paar mich nicht mehr brauchte, über den Zustand der Mutter sagte es allerdings nichts aus doch ich hatte zu viel Schlaf nachzuholen, ich war zu keinem klaren Gedanken mehr imstande (59)

MITTWOCH

58

es war Baptiste der es uns angekündigt hat, er sagte
ich möchte dass ihr das Telefon laut stellt damit ihr
alle beide hört was ich euch zu sagen habe, ich unterbrach ihn ist was mit Marion, er lachte, er sagte ja es
ist was aber alles in Ordnung alles bestens es ist etwas
sehr Schönes aber ich möchte dass ihr euch setzt
bevor ich es euch erzähle, wir haben uns gesetzt, mein
Mann in seinen Sessel und ich mich aufs Sofa, auf
unsere Plätze, und zwischen uns auf dem Couchtisch
das Telefon, mein Mann sagte wir hören Baptiste wir
hören, wir haben ihn laut Luft holen hören, und dann
sagte er nun gut also   (60)

59

ich las mir meine Notizen noch einmal durch, das was
der Professor uns bei seinem Vortrag erklärt hatte,
versuchen Sie bei diesen Frauen nicht zu schnell eine
Bindung an das Kind herzustellen, beeinflussen Sie sie
nicht, respektieren Sie sie, respektieren Sie die Zeit
die sie brauchen, lassen Sie sie nicht auf der Strecke
nur weil Sie schneller sind, ich machte mir immer
noch Sorgen verstehen Sie, ich konnte nicht loslassen,
aber seit ich den Vater mit dem Kind gesehen hatte
fühlte ich mich viel ruhiger, ja besänftigt   (85)

60

diesen Anruf von Baptiste werden wir so schnell nicht
vergessen, ich machte den Mund auf aber es kam
nichts heraus, ich erinnere mich dass er noch sagte
Mutter und Kind sind wohlauf, ich sah zu meinem
Mann, er war blass, oh mein Gott, ich dachte an sein
Herz, er nahm das Telefon als wollte er mit Baptiste
sprechen ohne dass ich zuhörte, er sagte jetzt mal
halblang Baptiste du bist ja nicht bei Trost was erzählst
du denn da, und Baptiste sagte bitte hört mir zu, und
er erklärte uns dass so etwas bei manchen Frauen vor-
kommt, er wiederholte so etwas kommt vor so etwas
gibt es das ist medizinisch erwiesen, ich dachte ich
träume, Marion feiert bald ihren zweiundvierzigsten
Geburtstag, sie war noch nie schwanger gewesen, das
ist doch kein Alter für ein erstes Kind, und was ist das
überhaupt für eine Geschichte, man kriegt doch nicht
von heute auf morgen ein Baby, aber mein Mann
schnitt Baptiste das Wort ab, er hatte seine harte auto-
ritäre Stimme, die Stimme die bei den Mädchen Eindruck macht, er sagte jetzt mach mal halblang Baptiste
du wirst ja wohl gewusst haben dass sie schwanger
war also halt uns hier nicht zum Narren   (62)

61

ich hab mich auch mal vertan, bei einer von den Jungen, bei einer wo du denkst die ist noch nicht fällig,
der Bulle hat sie besprungen aber du hast nichts
gesehen, sie wird nicht dicker, sie schaut aus wie die
andern in ihrem Alter, du merkst nichts, dabei kennst

du sie alle, sind ja deine eigenen Viecher Herrgott, aber von wegen, du siehst nichts, vor allem so ne Junge die wächst ja in Schüben, manchmal sieht's gut aus, dann wieder sagst du dir Mensch warum wächst die nicht schneller, und Euter kriegt sie fast keine, die schwellen kaum, sind grad mal so angedeutet aber du willst es nicht glauben, du sagst dir was treibt die denn, macht die zum Spaß einen auf Euter wie ihre Mutter oder was, du lachst dir einen ab über sie, du denkst dir will die mich etwa veräppeln, und dann vergisst du's, und eines Morgens findest du sie mit dem Kleinen drunter   (65)

62

er schrie ich will mit Marion sprechen ich will meine Tochter hören hol uns Marion, aber ich ich sah ihre Geburt wieder vor mir, ich sah die Bilder wie in einem leicht vergilbten alten Film, und die Angst kam zurück, dieses Baby auf meinem Bauch, dieses Baby das ich jetzt lieben musste, und die ganze Müdigkeit, sie und ich die eine so erschöpft wie die andere, und auf uns die vor Stolz glänzenden Augen meines Mannes, ich sah alles wieder vor mir während mein Mann schrie wo ist Marion warum rufst denn du uns an, und ich versuchte ihn zu beruhigen, ich hatte Angst um sein Herz, ich sagte beruhig dich beruhig dich doch   (64)

63

die beiden ergriffen das Wort, ihr hört alle auf Tony er kennt die beiden am besten Tony hat ab jetzt die

Leitung, ich protestierte, ich weiß nicht ob ich dafür wirklich so geeignet bin, eine von den Adèles warf mir einen bösen Blick zu, du hast jetzt die Leitung und damit basta los geht's wir haben keine Zeit zu vertrödeln, ich sagte mir wie stellen die zwei sich das denn vor als ob ich bei irgendwas die Leitung übernehmen könnte, das gibt doch ein einziges Chaos, wir zerlegen denen die Bude, und Baptiste kriegt eine Stinkwut, aber ich hatte keine Wahl mehr, also stieg ich in einen der Lieferwagen, ich sagte mir und dazu noch der ganze Schnee das gibt ne feine Rutschpartie, wir schaffen das nie bis nach oben, aber nein, die Fahrt verlief problemlos, die Straße war komplett geräumt, freie Bahn bis vor die Außentreppe, wir parkten die Fahrzeuge, stiegen aus, und dann Filmriss, alle sahen mich an, und weil nichts passierte gab sich einer der Typen einen Ruck, er sagte und was jetzt Tony entweder du erklärst uns wo wir anfangen sollen oder wir gehen erst mal ne Runde zocken   (66)

64

aber mein Mann wollte Marion, er verlangte dass man sie ans Telefon holte, und dann war da dieses Geräusch, der Laut eines Neugeborenen, ich habe gefragt ist das was man da hört das Baby und Baptiste sagte ja ja das ist das Baby Marion und ich waren so auf das Lammen konzentriert und am Ende haben wir selber ein Baby gekriegt das Leben ist doch verblüffend oder, und er hat gelacht, mein Gott wie er gelacht hat als wäre das alles nur ein guter Witz, am liebsten hätte ich mitgelacht, alles in allem war die Geschichte ja gut ausgegangen, und war das nicht das Wichtigste, ich wollte mit Baptiste lachen und noch einmal das Baby hören aber meinen Mann amüsierte das alles gar nicht, ganz und gar nicht, er zog es vor das Gespräch fürs Erste zu beenden, noch lange danach war er leichenblass, er sprach kein Wort, aber ich kenne ihn, wenn er zu lange nichts sagt dann verheißt das nichts Gutes (67)

65

am Mittwoch ist die Sonne wieder rausgekommen, ich hab sie vorgewarnt, also Mädels kein Grund gleich aus dem Häuschen zu geraten draußen liegt noch dick Schnee außerdem ist eure Chefin nicht da also nur die Ruhe ich leg euch ne ordentliche Portion Heu vor und alles wird gut, Marion hatte mir gesagt dass ich die Sehnen am Schwanz befühlen sollte um auf Nummer sicher zu gehen, die Schwarze schien noch nicht fällig zu sein, ich hab in aller Ruhe die Runde gemacht, sie hatten sich dran gewöhnt außer die Jüngsten, echte Wildfänge, die rissen aus sobald ich näher kam schlimmer als wenn sie nen Bären gesehen hätten, anfassen ging gar nicht, also hab ich versucht die Vulven und Zitzen von Weitem zu erspähen, aber es war dunkel im Stall, und bei dem ganzen Fell das die haben siehst du ja nichts, verflucht ein Kinderspiel war das nicht grad, außerdem hab ich mir gedacht ich müsste bei jeder was finden wo ich sie dran erkenne, damit ich der Marion alles erzählen kann, ich hab ne Weile gebraucht aber dann war's geschafft, ich hab alle vierunddreißig einzeln auswendig gelernt, die Blonde mit dem Bärtchen, die Krummhorn, die Rotweiße rechts, die Garstige mit der Hakennase à la Suzanne Peyre, ich bin alle durchgegangen, eine nach der andern, so halt (75)

66

eine Baustelle zu leiten ist ja normalerweise Baptistes Aufgabe, ich bin da lieber der brave Befehlsempfänger vom Chef, aber wie die Dinge lagen hatte der Chef uns schmählich im Stich gelassen und mich hatte man dazu auserkoren ihn mal eben zu ersetzen, ich sagte mir nur keine Panik Tony, bleib ganz ruhig Alter, stell dir vor du musst irgendwo vorsprechen, du musst einen Polier spielen, und von dieser Rolle hängt deine ganze Karriere ab, du hast keine Wahl, du musst alles geben, los geht's mein Großer, bluff sie, also bin ich tapfer auf die Bühne getreten, und tatsächlich Chefsein war ein interessanter Job, du musst nichts weiter tun als alles überwachen, und die anderen davon abhalten das Tempo runterzufahren, und die Maschine ständig wieder anwerfen, und dauernd neue Ideen suchen, ganz ohne Witz es hat geklappt, unsere Baustelle lief auf Höchsttouren, ich hatte die Latte hochgehängt und wollte dass wir alles in drei Tagen fertigkriegen, ich glaubte felsenfest daran, ich versuchte nur mir nicht vorzustellen was für ein Gesicht Baptiste machen würde wenn er mich dabei erwischte wie ich hier den Despoten spielte (68) er wollte nicht zugeben dass das Ganze tatsächlich möglich war, er ertrug es nicht dass so eine Geschichte seiner eigenen Tochter zugestoßen sein sollte, mein Mann ist jemand der rasch aus der Haut fährt da können Sie sich denken wie schwer ein solcher Schock für ihn war, es hat ihn rasend gemacht, zum Glück bin ich an seine Wutausbrüche gewöhnt, man muss sehr geduldig sein und abwarten, irgendwann geht es vorbei, man muss einfach stark genug bleiben und das Donnerwetter durchstehen, nur kann das seine Zeit dauern, er rannte wie ein Besessener im Kreis, er schrie, wie sollen wir das denn der Familie und unseren Bekannten erklären das glaubt uns im Leben keiner die denken doch dass sie gelogen hat dass sie das Kind verstecken wollte und dann tratschen sie herum dass es gar nicht von Baptiste ist dass sie es sich von einem anderen hat machen lassen wie sollen wir uns jetzt noch auf die Straße trauen, und er boxte und trat auf alles was ihm in die Quere kam, die Tür, den Tisch, einen Sessel, er hieb drauflos, er schrie und tigerte auf und ab, er verlor völlig die Beherrschung, er wollte Erklärungen, er marschierte durch alle Zimmer, es nahm kein Ende, ich erinnere mich nicht dass er jemals eine so lange Krise gehabt hätte, ich sorgte mich schrecklich um sein Herz, ich überlegte ob ich nicht den Arzt rufen sollte, aber davon wollte er partout nichts hören, immer wieder sagte er wenn sie mich umbringt meinetwegen soll sie doch ihre Schuld (69)

68

hin und wieder wagte ich einen Vorstoß, und wie geht's Marionoune, und er antwortete sie ist weit weg sie ist noch nicht ganz wieder da aber das wird schon so langsam, und dann wechselte er schnell das Thema, hab ich dir eigentlich gesagt Tony nein ich glaube fast ich hab's dir nicht gesagt es ist ein kleines Mädchen das Baby ist ein kleines Mädchen, er wiederholte es, als wundere ihn das immer noch, als schaffe er es nicht sich davon zu überzeugen, und dieses kleine Mädchen von dem er unablässig sprach trieb mir die Tränen in die Augen, ich sagte mir du fängst ja wohl nicht an zu heulen Tony, was soll die Gefühlsduselei, es gibt gerade Wichtigeres als hier herumzuflennen, also laberte ich irgendeinen Stuss um meine Rührseligkeit loszuwerden, ich sagte na bravo das hat gerade noch gefehlt nun haben wir als Dreingabe eine Mini-Marion, und ich legte nach, ich schwör's dir jetzt geht's rund Baptiste jetzt geht's rund ich schwör dir das hat uns gerade noch gefehlt eine Marionouchinounette, er lachte, ach Mensch Tony jetzt fang bloß nicht an mit deinen bekloppten Spitznamen, ich triezte ihn, selber schuld Baptiste du hast mir ja nicht mal ihren Vornamen gesagt spielst hier den Geheimniskrämer, er unterbrach mich, du bist zu schnell Tony du bist viel zu schnell für uns   (72)

69

damit Sie sich unsere Überraschung wirklich vorstellen können müssen Sie wissen dass Marion uns etwa zwei Wochen davor sogar noch besucht hat, sie kommt jedes Jahr zu der Zeit wenn die Hauptarbeit noch nicht angefangen hat, danach sehen wir sie monatelang nicht mehr, wir wohnen weit weg verstehen Sie, na ja wenn man jung ist dann ist es nicht so weit aber mit den Herzproblemen meines Mannes ist die Strecke für uns eben doch zu lang, deshalb haben wir uns angewöhnt dass sie zu uns kommt, nun sie war kurz vorher hier, und ich kann Ihnen versichern es war nichts zu sehen, ich habe vier Kinder zur Welt gebracht und ich bin Marions Mutter ich hätte es also merken müssen, aber sie war gertenschlank, seit sie dort oben wohnen ist sie so dünn das kommt von der ganzen Arbeit, von den Fußmärschen, der Anstrengung, und bei ihrem letzten Besuch war sie genauso schlank wie sonst   (71)

70

an diesen ersten zwei Tagen bin ich in einem fort zwischen dem Zimmer und der Frühchenstation hin und her gelaufen, das Personal hielt mir Vorträge, Sie müssen das Baby schlafen lassen Sie dürfen es nicht ständig wecken, ich antwortete ich habe das Bedürfnis es zu berühren es kann ja bei mir im Arm schlafen, ich rief Tony zu den unmöglichsten Zeiten an, ich war überdreht, unsere Gespräche waren bestimmt völlig konfus, und dann am Mittwochnachmittag sagte ich Tony ich hab mich jetzt entschieden es ist so weit ich werde es ihr bringen damit sie es sieht damit sie reagieren muss   (73)

67

71

und natürlich hatten wir schon von Fällen wie diesem gehört, mein Mann und ich schauen viel Nachrichten, oft auch mehrmals am Tag, das ist mit der Rente so gekommen, es gibt unseren Tagen Struktur, in den Nachrichten ist manchmal davon die Rede, nun ja wir wissen dass es so etwas gibt, aber bei unserer eigenen Tochter   (83)

72

und er sagte ich muss es dir sagen Tony jemand anderem davon zu erzählen würde ich mich wohl nicht trauen aber dort im Badezimmer habe ich wirklich nicht gemerkt dass es ein Baby sein könnte ich habe Marion gesehen ich hatte nur Marion im Kopf verstehst du wie kann es sein dass man nicht merkt dass man ein Baby vor Augen hat wie kann man so etwas Ungeheuerliches begreifen wie soll meine kleine Tochter mir vergeben wenn sie mal groß ist glaubst du so jemand verdient es Vater zu sein, was konnte ich darauf schon antworten, ich am anderen Ende der Leitung, was konnte ich schon sagen außer irgendwelche Banalitäten, dummes Zeug, Marionoune und du ihr werdet sie von ganzem Herzen lieben ihr werdet es ihr erklären sie wird es verstehen   (77)

73

ich habe lange mit ihm gesprochen, ich habe gesagt mein Baby jetzt stelle ich dir deine Mama vor sie ist ein bisschen durcheinander aber das wird schon sie wird sich an dich gewöhnen ihr werdet euch gut verstehen, ich ging durch die Flure und erklärte ihm, weißt du für eine Mama ist es ein großes Ereignis zum ersten Mal ihr Baby zu sehen diese erste Begegnung ist keine Kleinigkeit, ich wollte dass dem Baby bewusst war worum es ging, dass es sich konzentrierte, wir betraten das Zimmer, ich sagte also das ist sie das ist deine Mama ich stelle dir deine Mama vor   (82)

74

den Stunden sollten weitere Stunden folgen und ich trieb federleicht dahin, durchs Fenster betrachtete ich den Himmel doch der Himmel war leer, die Wolken hatten mich verlassen, ich war allein mitten auf einem stillen Meer, nichts ringsum, nichts woran ich mich festhalten konnte, nichts um mich auszuruhen, um mich am Untergehen zu hindern, ich versuchte diesem glatten Meer unter mir zu widerstehen, diesem hoffnungslos einförmigen Himmel, und aus der Ferne hörte ich Baptistes Stimme, Baptistes Stimme die einen unbekannten Klang hatte, singender, melodiöser, diese Stimme formte ein neues Wort, und unter der Explosion dieses Wortes bildeten sich haushohe Wellen und verschlangen mich, ich kniff die Augen ganz fest zusammen, ich hielt mir mit beiden Händen die Ohren zu, ich konnte nicht hinschauen, ich konnte nicht, was muss man tun um sich aus dem herauszuwinden was den Körper umschließt und gefangen hält, um emporzufliegen in die Luft, aber Baptiste näherte sich, Baptiste strich um mich herum, Baptiste war ein Wolf

69

und der Wolf spielte mit dem Mutterschaf, er wusste genau dass am Ende er gewinnen würde, dass er mit seinen Fangzähnen ein Stück meines Fleisches herausreißen würde, dass er hineinbeißen und dass es aufplatzen würde, dass es warm und weich wäre und voller Blut, ich spürte den Atem des Wolfes an meinem Hals, ganz nah, ich schloss die Augen, die Ohren, mit aller Gewalt, ich sah nichts, ich hörte nichts, und dann berührte etwas meine Wange und ich schreckte zusammen, es war kein Wolf, es war nicht der Geruch des Wolfes und auch nicht seine Wärme, es biss nicht zu, es riss nichts heraus, und überrascht von der Berührung schlug ich erneut die Augen auf, und da sah ich es, es befand sich in Baptistes Händen, in meinen Gedanken war es ein Es, ich wusste nicht wie ich das anders sagen sollte, Es, dieses Es sah mich an, es sah mich an und wartete dass ich etwas tat aber ich tat nichts, warum kann man nicht beschließen wegzufliegen (76)

75

wir kamen grad von den Ziegen zurück, da fing die Hündin an wie wild zu bellen und schoss los wie ne Rakete, Herrgott wenn da welche rumgestrolcht wären dann hätt sie ihnen ordentlich eingeheizt bis ich irgendwann eingetrudelt wär, ich bin halt nicht so schnell wie sie, also gut vor dem Haus standen zwei Lieferwagen, da hab ich mir gedacht verflucht was ist jetzt wieder los, und dann kam die Hündin rausgelaufen zusammen mit dieser Bohnenstange von Tony,

verflixt und zugenäht hab ich gesagt, was habt ihr
denn hier verloren   (79)

76

aber ich konnte nicht fliegen, ich war kein Vogel, ich
musste aufhören so zu tun als würde ich an andere
Welten glauben oder das Weite suchen, es war direkt
vor mir, Baptiste hielt es und zeigte es mir, es war da
und ich weiß um das Glück der Ziegen wenn sie ihr
Junges entdecken, ich habe das Staunen in ihrem Blick
gesehen, ich kenne es genau, aber nichts, ich fühlte
nichts von dem was meine Tiere fühlen, ich hatte es
vor meinen Augen und ich sagte mir jetzt kannst du
nicht mehr vortäuschen dass du das alles nicht begreifst, du weißt sehr wohl dass du nie im Leben
wegfliegen wirst, es gibt keine Ziegen in den Wolken
Marion, die Wirklichkeit sind Baptistes Hände und
was sie umschließen, und ich hätte glücklich sein
müssen, vor Glück weinen, spüren wie die Milch
meine Brüste schwellen lässt, aber nein, nichts   (78)

77

ich hatte das Gefühl die Krippe fürs Christkind
vorzubereiten, ich glaube die Müdigkeit kroch mir
langsam ins Gehirn, mein Geist verwirrte sich, ich
dachte Marionouchette ist die Jungfrau Maria nur
umgekehrt, die Empfängnis zu erklären ist bei ihr kein
Problem, nein, das ist simpel, jeder weiß ja wie und
warum, aber während Maria klar ist dass sie das Wort
des Engels vernimmt hört Marionoune nichts, Maria

hat ein Problem mit unerreichbarem Sex, Marion mit
autistischer Taubheit, doch während ich noch dabei
war das Evangelium neu zu schreiben schüttelte Dédé
Hände und schnüffelte bei den Lieferwagen herum
um rauszukriegen was wir mitgebracht hatten, er
sagte zu den Jungs wenn ihr was braucht ich hab unten
Werkzeug, und dann kam er zu mir, er zog mich am
Arm von den anderen weg und sagte Tony du solltest
mal nen Blick ins Badezimmer werfen da drin sieht's
bestimmt nicht grad sauber aus da müsste mal durch-
geputzt werden bevor sie zurückkommen, ich sagte
mir genau so einer ist der Dédé, ein ruppiger plumper
Bauer und so stark dass er locker eine Kuh fest-
klemmen kann und hat doch das Feingefühl an solche
Details zu denken, hätte man mich zum Chef des
Evangeliums ernannt ich hätte ihm glatt die Rolle des
Verkündigungsengels gegeben, egal ob seine Rumms-
rübe zum Stellenprofil passt oder nicht   (80)

78

ich betrachtete Baptistes Hände, diese Arbeiterhände,
klobig, bäuerlich, diese Hände die ich in- und auswendig zu kennen glaubte, ich betrachtete seine Hände
wie sie dieses winzige Ding umfassten beschützten
und streichelten wie ich es sie noch nie mit irgendetwas hatte tun sehen, diese Hände die ich nicht mehr
wiedererkannte, und da dachte ich jetzt hast du den
Beweis dass du träumst Marion, so viel Zärtlichkeit in
Baptistes Händen das kann nur ein Traum sein   (81)

79

es war gut dass alle sich ins Zeug legten, aber verflucht noch eins es fühlte sich schon komisch an so
viele Leute und der Chef nicht da, weil der Baptiste
ist einer der weiß was er will, und auf seinem Hof
bestimmt er und niemand sonst wie alles aussehen
soll, aber gut wenn schon mal so viele zum Arbeiten
da waren wer hätt ihnen das verbieten wollen, außerdem war der Tony mit von der Partie, und der ist ein
anständiger Kerl, noch dazu ganz dicke mit Baptiste,
da hab ich mir gedacht lass laufen, und wenn's dem
Baptiste nicht recht ist dann soll er sich seine Hütte
halt wieder umbauen, arbeitsscheu ist er ja nu wirklich nicht   (93)

80

gegen Abend verkündete ich den Adèles dass das Baby
ein Mädchen war, sie sagten prima da werden die
Strickerinnen aber entzückt sein wirst schon sehen
was die uns für hübsche Babywäsche abliefern werden, und sie fragten mich wie heißt die Kleine denn,
ich antwortete das wissen die zwei noch nicht, und ab
da wurden wir überrannt, jeder preschte vor um den
besten und passendsten Vornamen zu präsentieren,
sogar der Lehrer sagte morgen werde ich mit den
Kindern darüber nachdenken, von da an gab es im
Dorf kein Halten mehr, dabei hätten die Adèles und
ich ja eigentlich alles abblocken sollen   (84)

und dann sagte er mach uns ein bisschen Platz Marion, ich hätte schreien mögen, nein Baptiste, nein, leg es nicht so nah an mich, ich kann nicht, ich darf es nicht berühren, aber ich konnte nicht schreien, ich war nicht fähig, bin es nie gewesen, ich bin ganz dicht an den Rand des Bettes gerutscht, so weit weg wie möglich von Baptistes Händen, von diesem Ding das sie mir hinhielten, das sich mir näherte, das ganz nah kam, zu nah, ich hörte mein Herz rasen, Nein sagen, Nein, mein Herz klopfte, versuchte aus seinem Käfig zu springen, schlug mit aller Gewalt gegen die Wände, nein, nein Baptiste, nein (92)

DONNERSTAG

82

ja, als ich mich zu ihr hinüberbeugte sah ich ihren
entsetzten Blick, ihre Panik, aber ihr dieses Baby zu
opfern kam überhaupt nicht infrage, deshalb drehte
ich ihr im Bett den Rücken zu, ich wollte ihrer Angst
nicht ins Auge sehen, ich klemmte das Baby an mich
und fast sofort sank ich in einen dumpfen Schlaf, ich
erinnere mich dass man mich mehrmals daraus her-
ausriss um mir noch mehr Vorhaltungen zu machen,
ich könnte das Kind erdrücken, es könnte herausfal-
len, wir durften nicht zu dritt im selben Bett schlafen,
niemand schien zu verstehen dass ich diesem Baby
vollkommen vertraute, wenn es den Weg bis hierher
geschafft hatte würde es jetzt nicht aufgeben, ich
weigerte mich den Anordnungen zu gehorchen, mit
meinem Baby im Arm schlief ich wieder ein, ich begann es in weiblicher Form anzusprechen, ich murmelte ihm zu schlaf du auch meine süße Kleine jetzt
ist alles gut schlaf an meinem warmen Bauch, wir
waren gerade noch mal davongekommen, ich fand es
unglaublich wie sich vor uns ein neues Leben ent-
faltete, ich hatte eine Tochter, ich war Vater, der Rest
hatte keinerlei Bedeutung mehr   (88)

83

am Morgen hatte sich der Groll meines Mannes noch
immer nicht gelegt und er wollte unbedingt wieder
mit Baptiste sprechen, es war ein Glück dass er auf
diese Idee gekommen war denn bei diesem zweiten
Gespräch erfuhr er dass das Baby tatsächlich ein
kleines Mädchen war, und auch das ist typisch für
meinen Mann, als er diese Nachricht erhielt war seine
Wut so rasch verraucht wie sie gekommen war, in
wenigen Sekunden verwandelte sich seine Raserei in
Euphorie, solche Höhen und Tiefen mögen wunder-
lich scheinen, doch ich bin daran gewöhnt, und man
muss auch ihn verstehen, er hatte so sehr davon geträumt endlich seine eigene Enkelin zu haben, all
unsere anderen Enkelkinder sind Jungen, also wiederholte er ich hab sie ich hab sie meine Enkelin, und er
lachte, er sagte ich wusste dass Marion mir eines
Tages eine Überraschung bereiten würde ich wusste
es, er wiederholte ich wusste es ich wusste dass sie
mir ein schönes Geschenk machen würde, wenn er in
diesem Zustand ist bringt es nichts ihn zur Vernunft
bringen zu wollen, es ist dieses Naturell das sein Herz
verschleißt   (86)

84

nun diese Geschichte mit dem Vornamen hat das
ganze Tal in Aufruhr versetzt, überall nicht nur bei
den Adèles sondern in jedem Haushalt wurde die
Namenswahl für dieses Wunderkind diskutiert, kommentiert, debattiert und letztendlich zur Abstimmung

gebracht, sodass man am Donnerstag um neunzehn Uhr als der Wahlgang beendet war mit dem Auszählen der Stimmzettel beginnen konnte, die Wirtschaft war brechend voll, ein paar schlugen vor ins Rathaus überzusiedeln, aber daraus wurde dann doch nichts, die am wenigsten Verfrorenen blieben mit einem Glas Glühwein draußen, es war bitterkalt aber das schien keinen zu kümmern, und so konnte man zu den ernsten Dingen des Lebens übergehen, Léon Peyre der die Auszählung offiziell eröffnete bemerkte sehr richtig nicht einmal bei den Gemeinderatswahlen habe man jemals eine solche Beteiligung erreicht   (87)

85

ich streichelte meine Katze während ich wartete dass die Tage vergingen, ich betete dass nichts Schlimmes passierte, wenn ich bei ihr geblieben wäre hätte ich ihr vielleicht helfen können allmählich die Wirklichkeit zu akzeptieren, vielleicht hätte ich erreicht dass sie das Erlebte zuließ, denn wenn man diesen Frauen nicht beiseitesteht fangen sie wieder von vorne an, sie tragen eine Verletzung in sich die den Gedanken an eine Schwangerschaft unannehmbar macht, deshalb eilt ihnen das Gehirn zu Hilfe und befiehlt dem Körper zu schweigen, wenn man ihnen nicht hilft sich dieser Verletzung bewusst zu werden, wenn man die Wunde weiter schwären lässt riskiert man dass sich in ihrem Leben erneut ein ähnliches Drama abspielt, Sie müssen verstehen, nur eine feine Grenzlinie trennt eine Frau wie sie von denen die man ins Gefängnis

79

steckt, die Medien lieben diese abscheulichen Meldungen, Babys die man im Müll oder in der Tiefkühltruhe findet, von der Mutter im Schockzustand zur Kindsmörderin ist es ein lächerlich kleiner Schritt, alles steht auf Messers Schneide, stellen Sie sich vor dieser Nachbar hätte das Kind nicht aus der Badewanne geholt, stellen Sie sich vor das Baby wäre erst später gefunden worden, tot, stellen Sie sich vor was dann aus dem Leben dieser Frau geworden wäre (90)

86

mein Mann fing an es unser Engelchen zu nennen, er sagte dieses Baby ist besser als ein zusätzliches Enkelkind es ist sogar viel besser es ist ein Engel, Sie sehen man braucht nur abzuwarten bis seine Wut verraucht dann renkt sich alles wieder ein, obendrein finde ich mit einer solchen Geburt haben wir keine Zeit gehabt uns Sorgen zu machen, es geht einem ja schon nahe wenn die eigene Tochter entbindet, obwohl es unglaublich scheint dass diese Enkelin die wir nicht mehr erwartet hatten ausgerechnet von Marion kam, wir hatten uns ja schon seit Langem damit abgefunden dass sie uns keine Enkelkinder schenken würde, außerdem war sie über das Alter hinaus, nun ja wir hatten uns in das Unvermeidliche gefügt, und mein Mann sagte oft es wäre besser wenn Marion ein Junge geworden wäre, daher können Sie wohl nachvollziehen dass wir sie uns nie als Mutter vorgestellt haben, die drei anderen schon aber sie nicht, auch wenn wir das ein wenig traurig fanden, mit dem Alter wird es

wichtig zu wissen dass die Familie nach einem weiter-
lebt, Sie können sich also bestimmt vorstellen was für
eine Überraschung das für uns war, mein Mann war
so aufgeregt, er sprach von nichts anderem mehr, er
wollte es unseren anderen Töchtern selbst ankündigen,
ich sagte mir sie werden denken dass er senil wird,
und genau so war es, keine hat ihm geglaubt, alle drei
wollten mit mir sprechen, was erzählt Papa für Sachen
was ist denn los Mama du würdest es uns doch erzählen wenn er den Verstand verliert   (100)

87

Baptiste habe ich zu ihm gesagt, bei den Adèles ist
was passiert wir konnten es nicht verhindern wir
haben versucht es so gut wie möglich in den Griff zu
kriegen Marionouchette und du ihr macht damit was
ihr wollt aber ich hab jetzt den Auftrag es euch zu
sagen also sperr die Ohren auf als Erstes haben sie
eine Liste mit Vornamen gemacht und ich verschone
dich mit den Scheußlichkeiten die euch erspart geblieben sind insgesamt haben wir 217 Wähler gezählt
daran siehst du wie begeistert sie alle sind ich sag's dir
die reine Hysterie ein Dorf außer Rand und Band der
Vorname mit den meisten Stimmen hat sich mit einer
überwältigenden Mehrheit durchgesetzt und hier die
Argumente die den Ausschlag gegeben haben 1.) bei
den zweien dort oben schaut's aus wie im Garten Eden
2.) sie ist die Einzige die nicht geboren wurde wie alle
anderen 3.) auch mit ihr hat keiner gerechnet 4.) der
liebe Gott selbst hat gewollt dass sie geboren wird na

jedenfalls hat man mich beauftragt es euch zu sagen
eure kleine Tochter ist im Dorf schon getauft (98)

88

ich wollte sie nicht loslassen, sie regten sich auf, wir
haben eine Wiege ins Zimmer gestellt da legen wir das
Baby hinein so haben Sie es neben sich Sie dürfen es
nicht im Bett behalten da ist nicht genug Platz das ist
gefährlich, aber sobald alle draußen waren nahm ich
meine Tochter wieder zu mir, immer wieder, schließlich gaben sie auf, wir blieben stundenlang in dieser
Position, ich um ihren winzigen Körper geschmiegt,
alle Hereinkommenden die uns so überraschten ver-
drehten die Augen, zuckten mit den Schultern, brum-
melten vor sich hin, aber irgendwann wagte keiner
mehr die leiseste Bemerkung (91)

89

Kinder hätte ich schon haben wollen Monsieur, aber
es ist anders gekommen, oh das Leben ist kein Zucker-
schlecken, und ich war eine gute Lehrerin, sicher
streng aber die Schüler haben mich geschätzt, doch das
wissen die anderen nicht, wenn man eine Wirtschaft
hat ist es leicht seine Nachbarin schlechtzumachen,
das ganze Dorf weiß gleich Bescheid, aber Léon be-
richtet mir was über mich getratscht wird, sie sagen
deine Suzanne kommt so schnell nicht mehr von ihren
Vorhängen los willst du ihr kein Fernglas schenken,
solche dummen Kommentare eben, aber wenn sie mich
so hassen warum machen sie alle weiter mit ihrem

Bonjour Madame Peyre, das soll einer verstehen, nun
ja lassen wir das, also Monsieur, es nahm kein Ende
mehr bei den Adèles, die Leute gingen ein und aus und
machten viel Wirbel, und dann noch dieser Zirkus um
den Vornamen, das Ganze hat sich so aufgebauscht
dass die zwei am Donnerstagabend sogar eine Runde
Glühwein spendiert haben und wohlgemerkt Monsieur ein solches Geschenk beweist doch wie viel diese
Geschichte den beiden einbrachte, ich fragte Léon
ob er auch abgestimmt habe, und ja das hatte er, ich
sagte Ihnen bereits Léon ist zu gutmütig, er lässt sich
manipulieren, aber was soll ich machen, und dieser
Name Monsieur, Sie haben den Namen ja auch gehört,
oh mein Gott, ausgerechnet dieser Name musste es
sein, der Name jener Frau die zum Fehltritt anstiftete,
auf was für abartige Gedanken kann man eigentlich
kommen, und welche Eltern nehmen es einfach hin
dass man an ihrer Stelle den Namen ihres Kindes
auswählt, wie kann das sein, finden Sie nicht dass das
ein Zeichen für mangelndes Interesse, für fehlende
Liebe ist, ich selbst habe keine Kinder bekommen
aber ich weiß wie meine Kinder geheißen hätten, ich
weiß es, ich kann Ihnen die Liste der Namen aufsagen,
zwölf hatte ich vorgesehen, sechs Mädchen und sechs
Jungen, ich wollte nicht unvorbereitet sein, ich kann
Ihnen ihre Namen noch sagen Monsieur   (105)

90

wenn diese Mütter es begreifen, wenn ihnen bewusst
wird was sie erlebt haben, so viele Monate mit einem

Fötus der in ihnen heranwächst ohne dass sie es geahnt hätten, da können Sie sich wohl denken was für
schwere Schuldgefühle auf sie einstürzen, schließlich
waren sie unfähig zu verstehen was jede Frau versteht,
außerdem empfinden manche eine heftige Abscheu
vor dem Kind, eine Art Abstoßung, die Liebe will sich
einfach nicht einstellen, Sie ahnen also die Scham über
solche Gefühle, die damit einhergehende Bestürzung,
wie gern hätte ich sie beruhigen, ihr die Schuldgefühle
nehmen wollen, denn alle denken es wäre normal dass
eine Mutter ihr Kind liebt aber das stimmt nicht, es
kann tagelang dauern bis man sein Baby annimmt, ich
hätte es ihr gern erklärt, man wird nicht durch einen
Zauberstreich Mutter, das kommt ganz langsam, lassen
Sie sich Zeit   (95)

91

jemand, ein Psychologe glaube ich, wollte uns dabei
helfen nach den Gründen für das zu suchen was uns
zugestoßen war, Marion sagte keinen Ton, ich dagegen
bat ihn mir zuzuhören, ich erklärte dass mir alles ganz
klar scheine, ich hatte ein Kind gebraucht aber mich
gleichzeitig erbittert dagegen gewehrt eines zu bekommen, Marion hatte es gut in sich versteckt und
dadurch meinen Wunsch Wirklichkeit werden lassen,
doch das passte dem Typen nicht, er wollte dass wir
weiter in die Tiefe gingen, er mochte nicht begreifen
dass unser Leben nur uns beide etwas anging, er hoffte
wir würden unsere intimsten Gedanken vor ihm aus-
packen, er forderte sein Recht auf eine Enthüllung

ein, aber diese Geschichte war unsere Geschichte, ich wusste weder Marion noch ich würden irgendetwas preisgeben (102)

92

ich habe nur mit Dédé gesprochen, nur mit ihm (94)

93

das hatten wir uns so zur Gewohnheit gemacht, sobald ich von den Viechern zurück war hab ich gleich bei ihr angerufen, und ihr erzählt, so langsam solltest du mal wieder heim weil da drinnen geht's hoch her verflucht die riechen die Sonne und glaub ja nicht dass ich sie dir hüte und das müsstest du sehen was die alles verdrücken Herrgott wie kriegen die bloß so viel Heu runter das sind doch keine Kühe außerdem sind die rund wie ne Kugel wenn's nicht bald losgeht dann platzen von denen noch ein paar, ich trug dick auf, ich machte Faxen, sie stellte mir zwei drei Fragen, und wie geht's der Schwarzen, noch nicht fällig antwortete ich, aber nu ja du musst dich schon sputen weil wenn die ohne dich anfangen dann kreuz ich hier im Krankenhaus auf das schwör ich dir verflucht noch eins dann kreuz ich hier auf und entführ dich in meiner Kutsche (96)

94

den anderen hatte ich nichts zu sagen also sagte ich nichts, man beobachtete mich wie ein Zirkustier, mir taten die Kiefer weh so fest verbiss ich mir meinen Hass, ich lächelte, ich hörte nicht auf zu lächeln, ich

hatte keine andere Abwehr gefunden, lächeln, denn
brüllen konnte ich nicht   (103)

95

in meinen vielen Berufsjahren habe ich immer wieder
erlebt dass Frauen keine Liebe für ihr Neugeborenes
empfinden, bei manchen bemerkte ich verängstigte
entsetzte Blicke, Widerwillen, und ich spreche nicht
von Frauen wie ihr die nicht wussten dass sie schwanger sind, nein, ich spreche von Frauen die eine normale Schwangerschaft hatten, neun Monate um von
ihrem Kind zu träumen, und die sich nach der Geburt
trotzdem überhaupt nicht zu ihm hingezogen fühlen,
nur sagen können sie das nicht, das gehört sich nicht,
in unserer Gesellschaft wird so etwas nicht toleriert,
eine Mutter hat ihr Neugeborenes zu lieben sonst
wird sie sofort als Rabenmutter abgestempelt, stellen
Sie sich das also vor für die Frauen die nicht mit einem
Kind gerechnet haben, die nicht all die Monate zum
Vorbereiten und Einstimmen hatten, für diese Frauen
kann der erste Kontakt mit dem Baby furchtbar sein,
und unsere Aufgabe ist es wachsam zu bleiben und
das Neugeborene nicht in den Armen einer falschen
Mutter zu lassen, eines Roboters der mechanisch und
ohne jede Regung die Gesten einer Mutter nachahmt,
darüber wird kaum gesprochen aber ich denke das ist
eine unserer wichtigsten Pflichten, dass wir darüber
wachen keine Zeitbombe in die Welt zu entlassen, eine
Liebe die einen so schlechten Start hat führt mitunter
zu Misshandlungen   (97)

96

wenn ich die Geburten ohne sie hätt machen müssen hätt mich das verdammt ins Schwitzen gebracht, also hab ich ihnen gesagt Mädels baut jetzt keinen Scheiß wartet bis eure Chefin zurück ist jetzt dauert's nicht mehr lang habt Geduld, dabei hab ich mir so gedacht erzähl doch was du willst, wenn die loslegen wollen dann tun sie's auch, da kannst du nichts gegen machen, aber gewartet haben sie trotzdem, ist schon so wenn's mal brenzlig wird kannst du dich auf deine Viecher verlassen (104)

97

aber ich beschwatze Sie hier mit hochfliegenden Gedanken und beeindruckenden Grundsätzen zur Aufgabe der Hebamme, dabei bin ich selber drei Tage lang zu Hause geblieben und habe mir nur immer wieder vorgebetet der Vater kümmert sich um das Kind das ist doch schon was, und auch die Kolleginnen sind ausgebildet, die kennen die Vorgehensweise, alles läuft bestens keiner braucht mich, das betete ich mir vor aber in Wahrheit gelang es mir keineswegs mich selbst zu überzeugen (99)

98

immer wieder versuchte ich mir vorzustellen wie sie mit einem Baby leben sollten, es erschien mir nach wie vor völlig unmöglich, wo hätten sie denn die Zeit hernehmen sollen, ihr Alltag war vollgepackt bis oben hin, ich listete auf was jetzt auf sie zukam und versuchte irgendeine Lücke zu finden, Marionoune hatte die Ziegen und den Käse, Baptiste seine verschiedenen Baustellen und die Markttage, alle beide die anstehende Gemüsesaison, ich konnte meine Liste noch so oft durchgehen ich sah keine Lösung außer ich zog dort oben dauerhaft als Kindermädchen ein, außerdem wollten sie wirklich kein Kind, aber vielleicht störte mich allein schon die Idee, womöglich stieß mich dieses Kind mit der Nase darauf dass ich mein Leben als einsamer Wolf fristete, dass ich es nicht hinbekam mit irgendeiner Frau was Festes aufzubauen, von einem Knirps ganz zu schweigen, ich grübelte endlos vor mich hin, ich sagte mir Tony hör auf, hör auf deine eigenen Ängste auf ihre Geschichte zu übertragen, komm schon krieg dich wieder ein und lass uns in Frieden mit deiner Schwarzmalerei, wenn du ab und zu auch mal schlafen würdest könntest du vielleicht aufhören Trübsal zu blasen, los mach's dir auf dem Sofa bequem und penn ne Runde statt uns hier zu blamieren, und dann begegnete ich Sucettes Blick, ihrem absolut zuversichtlichen Blick, es war unglaublich was diese Hündin mit ihren Augen alles ausdrückte, ich antwortete ihr okay Saucissette okay ich beruhige mich es wird schon alles gut gehen es gibt überhaupt keinen Grund zur Panik das Leben ist unheimlich schön was meine Saucisse, und ich glaube dass meine kleine Rede überzeugend war denn prompt sprang sie mir auf die Knie und leckte mir wie wild das Gesicht, ich sagte mir wenn die erst mal das Kleine entdeckt dann geht's rund   (110)

88

FREITAG

99

am Freitagmorgen ging ich zurück zur Arbeit, ich
konnte es kaum erwarten sie wiederzusehen, die
Zukunft dieser Frau ließ mich nicht los, die von der
Nachtschicht hatten uns vorgewarnt, Kind und Mutter
waren zwar wohlauf aber das Elternpaar strapazierte
die Nerven der Belegschaft, die beiden befolgten keine
Anweisungen, verhielten sich völlig unkooperativ,
ich musste warten bis wir die anderen Patientinnen
durchgesprochen hatten dann endlich konnte ich zu
ihr gehen, ich klopfte doch niemand antwortete, ich
klopfte noch einmal, ich betrete nur ungern ein
Zimmer ohne dazu aufgefordert zu werden und vor
diesem Zimmer spürte ich deutlich dass niemand Lust
hatte mich aufzufordern, trotzdem drückte ich leise
die Tür auf   (101)

100

mein Mann hat viel gelacht, ehrlich gesagt hörte seine
gute Laune gar nicht mehr auf, er hatte es schon ur-
komisch gefunden als sich der kleine Junge plötzlich
in ein Mädchen verwandelte, aber die Ankündigung
des Vornamens war die Krönung, prompt sagte er
wir selbst hätten keinen besseren finden können der
Name der allerersten Frau der Mutter aller anderen
die so schön war dass der alte Schwachkopf sich nicht

beherrschen konnte und in den Apfel biss, er fand es unfassbar komisch dass ausgerechnet die aus der Rippe des Mannes Entstandene, und er fügte hinzu da sind dem lieben Gott wohl die Ideen ausgegangen, dass ausgerechnet sie seinem Wunder von Enkelin ihren Namen geben sollte, er sagte es ist als wäre sie aus mir entstanden als hätte ich ihr ein Stück meines Fleisches geopfert, er zog sein Hemd hoch, er zeigte mir seine eingefallene Altmännerbrust, er sagte siehst du hier kommt sie her sie hat alles genommen, seine Augen glänzten, er jammerte kein einziges Mal mehr über sein Herz, und ich dachte ich glaube die Mädchen haben recht, mein Mann wird verrückt (107)

101

was beim Eintreten überraschte war ihre Haltung und diese Reglosigkeit, beider Rücken demonstrativ dem Zimmereingang zugewandt, diese unverhohlene Abwehr jeder Annäherung, ich trat vor, ging um das Bett herum, ich bemerkte den schlafenden Säugling im Arm des Vaters, die drei boten einen seltsamen Anblick, ein Bild anormaler Ruhe, zweifellos schliefen sie nicht taten aber so damit man sie in Frieden ließ, anders als meine Kolleginnen hatte ich überhaupt keine Angst um das Kind, was mich sehr viel mehr störte war dieser männliche Oberkörper, diese Mauer die sich zwischen der Mutter und ihrem Kind erhob (127)

ich schlief ein wenn meine Tochter einschlief, und
ich wachte mit ihr auf, wir lebten in vollkommener
Symbiose, ich fühlte mich ganz und gar Vater, bis-
weilen drehte ich mich zu Marion, ich sagte ihr wir
haben ein Baby Marion wir haben ein Baby, sie antwortete nicht, sie lächelte, ich stellte mir oft die Frage,
warum hat das ausgerechnet mir zustoßen müssen,
mir Baptiste, dabei tue ich mich mit Entscheidungen
ja eigentlich nicht schwer nur eben bei diesem einen
Thema, Tony würde sagen es gibt keinen Zufall man
erntet was man sät, und er würde laut loslachen wenn
er sich diesen Satz sagen hört, aber dann kreuzte in
meinem Leben das Baby auf das ich immer abgelehnt
hatte und das zu einem Zeitpunkt als ich gar nicht
mehr darüber nachdachte ob ich Vater werden sollte,
dieses Baby tauchte auf und warf all meine vorgefass-
ten Ideen über den Haufen, vielleicht hatte ich den
Gedanken an ein Kind aus ganz anderen Gründen so
heftig von mir gewiesen als den vorgeschobenen
politischen und sozialen, vielleicht wollte ich kein
Kind weil ich Angst hatte der Vater zu werden der
mein Vater gewesen war, oder Angst ein Rollenmodell
werden zu müssen, oder wegen irgendeines anderen
dieser Klischees, doch jetzt hielt ich meine Tochter im
Arm und konnte es nicht fassen dass ich mich diesem
Glück so hartnäckig verweigert hatte, ich sah ihr zu
wie sie an meinen Körper geschmiegt einschlief, ich
kümmerte mich um sie, ich gab ihr zu essen, ich wusch
sie, ich zog sie an, ich ahnte wie unbändig sich unser

Dorf über die unerwartete Ankunft dieses Babys freute, ich merkte es an den Dingen die uns erreichten, an den rührenden kleinen Aufmerksamkeiten, ich malte mir aus wie es weitergehen würde, unsere Rückkehr nach dort oben, welche Veränderungen ein Kind auslösen würde, ich hatte keine Angst, ich sagte mir das Leben ist schon der Hammer, und diese Kleine ist der Beweis dafür, was kommen muss kommt auch egal was man tut, ich spürte einen gewaltigen Lebenshunger in mir, ich hätte Berge versetzen können, ich war jetzt zwanzig Jahre alt und fürchtete mich nicht vor der Zukunft, ich wusste meine Tochter und ich waren von nun an unauflöslich miteinander verbunden, sie war eines meiner lebenswichtigen Organe, sie von mir zu entfernen hieße zu verbluten, ich hatte endlich entdeckt was ich seit so langer Zeit vergeblich gesucht hatte, die Antwort auf meine Verirrungen   (111)

103

ich wartete aber ich wusste nicht worauf, nichts kam, nichts geschah, und dann rief Dédé an und es war als würde er einen Ballon aufblasen, ich bekam wieder Luft, ich löste mich vom Boden, und plötzlich war Dédé nicht mehr da und die Luft entwich mit einem boshaften Pfeifen und der Ballon fiel in sich zusammen wurde wieder ein lächerliches Stück Gummi, ich blickte zum Fenster hin, ich wäre gern noch etwas länger Ballon geblieben, ich näherte mich dem Fenster, ich sagte mir spring nicht Marion, spring nicht, ich dachte ich bin doch nicht normal, das gibt es nicht

man kriegt doch kein Kind ohne es zu merken, das ist
einfach nicht möglich   (106)

104

nu ja, wir haben nie über die Kleine gesprochen
wenn's das ist was Sie wissen wollen, wir haben über
die Ziegen geredet, ja klar über die Ziegen haben wir
geredet zum Donnerwetter, aber über die Kleine nie,
na da war ja noch der Tony deshalb wusst ich Bescheid,
aber von ihr nie was, mir brauchte sie auch nichts
zu erklären, bei den Viechern kommt's nicht oft vor
dass eine ihr Junges ablehnt aber passieren tut's halt
schon, eine die es wirklich nicht will, und wenn eine
beschlossen hat es abzulehnen dann bleibst du besser
an ihr dran, du musst sturer sein als sie sonst schaffst
du's nicht, und aufpassen musst du wie'n Schießhund
weil sie kann deinetwegen lieb Kind spielen, es saugen
lassen solange du hinschaust aber kaum drehst du ihr
den Rücken zu nimmt sie es um es loszuwerden auf
die Hörner, nu ja mir brauchte Marion es nicht zu
erklären, ich hatte es kapiert   (114)

105

aber der Gipfel war der Freitag, oh Monsieur dieser
Freitag 3. März, ich weiß wohl dass die Grundschul-
lehrer heutzutage nicht mehr die gleichen Methoden
anwenden wie zu meiner Zeit, das weiß ich durchaus
und anders als die Leute denken verschließe ich mich
dem Fortschritt nicht, ich war immer der Meinung
dass Handarbeit ein wichtiger Bestandteil des Lehr-

plans ist, aber es gibt Grenzen, es war gegen Mittag, ich war in der Küche deshalb hätte ich sie fast nicht gesehen, das Fenster geht zur anderen Seite hinaus, zum Glück wusste Léon was sich da zusammenbraute, er hielt die Augen offen, er rief Suzanne komm und sieh dir das an, oh herrjemine, ich kann es noch immer nicht fassen, oh nein   (109)

106

ich hörte Baptiste am Telefon sprechen, er erklärte, er erzählte, er redete über das Baby, er redete in einem fort über dieses Baby, ich hörte wie er antwortete ja Marion geht's gut sie erholt sich, und diese Worte gingen mir unentwegt durch den Kopf, Marion geht's gut sie erholt sich, die Stimme die sie aussprach verzerrte sich, kicherte, das war Baptiste und er war es nicht mehr, die Stimme lachte, witzelte, Marion geht's gut sie erholt sich, in meinem Schädel prustete es vor Lachen, Marion geht's gut sie erholt sich, also lächelte ich, was hätte ich sonst schon tun können außer zu lächeln schließlich ging es mir gut, schließlich erholte ich mich   (108)

107

er sagte wir fahren zum Krankenhaus das Baby besuchen, Sie haben es sicher schon verstanden mein Mann macht keine halben Sachen, die Fahrt bereitete ihm keine Angst mehr, er wollte seine Enkelin seine einzige Enkelin kennenlernen unbedingt und auf der Stelle, er nannte sie meine einzige Enkelin er hatte sie noch nicht gesehen aber sie war sein Wunder, also haben wir am Freitag unseren ganzen Mut zusammengenommen und uns auf den Weg gemacht um sie zu besuchen, den ganzen Donnerstag über hatte mein Mann wiederholt wir können nicht nicht hinfahren wir können nicht nicht hinfahren, letzten Endes haben wir uns daher am Steuer abgewechselt, und die Kleine ist so hübsch, und so brav, meinem Mann standen die Tränen in den Augen als er sie im Arm hielt, er wollte sie gar nicht mehr hergeben, Marion sollte tags darauf entlassen werden, sie hatte sich gut erholt, sie lächelte, auch Baptiste war richtig glücklich, und wie selig mein Mann erst war   (113)

108

und dann sind meine Eltern aufgetaucht, und es war wie früher als Jugendliche wenn mein Vater ohne Vorwarnung in mein Zimmer gestürmt kam, dieselbe Rücksichtslosigkeit, und seine Enttäuschung wenn er anstelle seiner Traumtochter immer nur dieses Mädchen vorfand, mich, und in seinen Augen dieselbe Herablassung, dieselbe Geringschätzung gegenüber diesem armseligen Mädchen dessen Vater er zu sein hatte, und hinter ihm meine Mutter, untadelig, mit makellos blütenweißer Bluse, nur das Nötigste an Make-up und Schmuck damit man vornehm und nicht gewöhnlich aussieht, meine Mutter, die Frau deren Tochter ich so wenig war, ich beobachtete meine Eltern, sie waren hingerissen von dem Baby, das Krankenhauspersonal beglückwünschte sie, so als

97

wäre das Kind ihres, ich verstand nicht warum ich
überhaupt noch da war, wozu ich nützte   (112)

109

ich versichere Ihnen Monsieur, es war wie beim
Karneval, eine unglaubliche Menschenmenge und alle
Kinder auf der Straße, mittendrin der Lehrer, und
auch das Mädchen das an der Schule arbeitet, denn
dort sind sie ja heute gleich mit mehreren für nicht
einmal fünfzehn Kinder zuständig ich dagegen war
allein mit dreißig, oh ich weiß wohl das waren andere
Zeiten, auch die zwei Schreiner habe ich gesehen,
die trugen das Ding, die Kinder rannten aufgekratzt
darum herum, oh ja furchtbar aufgekratzt, und so viel
Volk vor der Wirtschaft, so viel wie man es in unserer
Straße sonst nie sieht, und dieses Ding das aussah wie
ein kleiner Karnevalswagen thronte mitten in der
Menge, oh Monsieur wenn Sie das gesehen hätten,
unser Dorf stand wahrhaftig kopf   (117)

110

die Adèles hatten mich gebeten in die Wirtschaft zu
kommen, es würde eine Überraschung geben, das
ganze Tal hatte sich dort wieder eingefunden, und in
der ersten Reihe natürlich Suzanne Peyre hinter ihren
Vorhängen, viele strahlten übers ganze Gesicht, sie
nicht, die Adèles riefen Achtung gleich werdet ihr
Augen machen, ich sagte mir was haben sie sich jetzt
wieder ausgedacht, bei dieser Geschichte verlor ich
ganz klar immer mehr die Kontrolle, ich sah wie die

Leute sich zum Ehrenspalier aufstellten, und dann kam diese unglaubliche Konstruktion herangerauscht die man eine Wiege hätte nennen können wenn man keine Angst vor Untertreibungen hatte, es war unbeschreiblich, Holz, Stoff, Wolle, alles flog und flatterte nur so, Vögel und Ziegen natürlich, sogar eine Kuh meinte ich zu erkennen, alles glänzte und glitzerte in Rot, Grün, Blau, es hatte etwas unfassbar Zartes, ich sagte mir oh nein Tony fang jetzt nicht wieder an zu flennen, dann hob der Lehrer den Kleinsten der Schule auf seine Schultern und die Adèles baten um Ruhe damit der Junge seinen auswendig gelernten Satz aufsagen konnte, und er trug ihn voller Eifer vor, das ist das Bettchen für das Baby das wir alle zusammen gemacht haben, und ich dachte stimmt, stimmt haargenau, dieses Baby haben wir alle zusammen gemacht   (119)

111

und trotzdem wenn ich es geahnt hätte dann hätte ich Marion gebeten abzutreiben, dieses Kind hatte keine Wahl, es musste sich so unauffällig wie möglich verhalten wenn es ohne sein Leben zu riskieren zum rechten Augenblick kommen wollte, ich hatte ihm keinen anderen Ausweg gelassen, ich bewunderte diese Charakterstärke, diese Hartnäckigkeit, ich dachte was für ein Wunder solch ein Durchhaltewille bei so einem kleinen Wesen   (115)

112

ich konnte nicht anders als Baptiste anzuschauen, Baptistes Hände und Augen auf dem Baby, diese überwältigende Liebe, es war unglaublich ein Mann der so eindeutig dazu geschaffen war Vater zu sein, ich versuchte mich zu beruhigen, es ist gut Marion du hast ein bisschen zu diesem Glück beigetragen, du siehst manchmal kannst du auch nützlich sein, ich beobachtete die beiden, ich dachte solange Baptiste das Baby in seinen Händen hält ist alles gut, Baptiste darf das Baby nur nicht loslassen   (116)

113

vielleicht war er mit ihr härter als mit ihren Schwestern, das ist möglich, mein Mann war zum ersten Mal Vater, er stellte seine Autorität unter Beweis, er wollte dass Marion seine perfekte große Tochter war, sie ist die Älteste aber die drei anderen sind sehr schnell hinterhergekommen deshalb musste sie lernen allein mit allem fertigzuwerden, sie war immer schon ernsthaft, unauffällig, sie hat uns nicht gestört, ich erinnere mich so mit sechzehn begann sie sich unvorteilhaft zu kleiden, ständig nur Jeans und Turnschuhe mit unförmigen T-Shirts, mein Mann wurde wütend, er sagte zu ihr wenn sie sich so gehen lasse werde sie nie aussehen wie eine Frau, er erklärte ihr eine Frau müsse Röcke und Absätze tragen, sich schminken, mit kleinen Schritten gehen und nicht so herumstiefeln wie sie, er hat sich immer über ihren Gang lustig gemacht, Marion gab sich Mühe, zog sich anders an, das ging ein paar Jahre so, dann lernte sie Baptiste kennen und sie hatten diese Idee in die Berge zu ziehen, und da kam alles wieder, ihr Hang zum Burschikosen, alles was ihrem Vater an ihr missfiel, ihr ganzes Auftreten, noch schlimmer als mit sechzehn (123)

114

dumm waren die ja nicht verflucht noch eins, die spürten die Sonne und den schmelzenden Schnee, und dass es keinen Grund gab sie weiter einzusperren, aber sie waren trächtig und das machte sie ruhiger, außerdem hatten sie begriffen dass sie mit mir so schnell nicht nach draußen kommen würden, so war das halt, nicht mal beschwert haben sie sich, ich dachte mir Mensch verflucht wenn die Marion an der Stalltür auftaucht dann zahlen die's ihr aber heim, dann kriegt sie was zu hören Herrgott, die werden vielleicht meckern, weil für blöd verkaufen lassen die sich nicht (118)

115

Marion tauchte aus ihrer Benommenheit nur auf um besorgt nach ihren Tieren zu fragen, ich beobachtete diese Frau mit der ich beschlossen hatte mein Leben zu teilen, ich verstand es nicht, ich sagte mir welche Mutter kann so reagieren, ihr Kind derartig im Stich lassen, was an Marion ist so kaputt, zerbrochen, zerstört, warum weigert sie sich dieses Himmelsgeschenk zu akzeptieren, warum reagiert sie nicht wie ich, warum liebt sie es nicht heiß und innig, warum hat sie keine Lust zu kämpfen um den Rückstand aufzuholen, zu mir sagte sie kein Wort mehr, nur dieses Dauerlächeln auf ihrem Gesicht, und nie eine Geste dem Baby gegenüber, sie ließ alles geschehen ohne an irgendetwas Interesse zu zeigen, sie wirkte als ginge der Alltag des Kindes sie überhaupt nichts an, sie betrachtete uns mit diesem ewig abwesenden Ausdruck, ihrem ewig unveränderten Lächeln, und wenn ich mich dem Bett näherte führte das bei ihr jedes Mal zu einem Schreckmoment der sie möglichst weit zurückweichen ließ, ich legte mich hin und drehte ihr sofort den Rücken zu, und ihr Körper der doch nur ein paar Zentimeter neben meinem lag schien kilometerweit entfernt   (120)

116

weil ich vor mir selbst Angst hatte vor dem was ich dem Kind eines Tages antun könnte und um der Panik nicht nachzugeben sagte ich mir immer wieder dem Baby wehtun hieße Baptiste wehtun, und warum hätte ich Baptiste wehtun sollen, ich betrachtete seine Hände wenn er sich um das Kind kümmerte, aber manchmal vergaß ich die Hände, dann sah ich nur noch das Baby und der Ekel stieg hoch, ich hatte das Bedürfnis mich zu übergeben, mich ein weiteres Mal zu entleeren, ich war überzeugt dass in mir irgendwo noch Stücke von ihm waren, verfaulende Fetzen die ich nicht komplett ausgestoßen hatte, ich roch ihren Geruch, ich stank nach Aas, ich hatte Krämpfe die mir den Bauch zerrissen, dass dieses Baby es sich erlaubt hatte ohne mein Einverständnis in mich einzudringen war mir unerträglich, ich duldete die Gewalt nicht mit der es sich in meinen Körper gezwängt hatte, ich konnte dieses Eindringen, diese Befleckung nicht aushalten, aber wem hätte ich das erzählen können, wem hätte ich die unerträglichen Worte sagen können, dieses Baby hat mich vergewaltigt (121)

117

und eben als dieser herausgeputzte Wagen genau unter meinem Fenster hielt, denn sie haben ihn direkt unter mein Fenster gestellt Monsieur, genau in dem Moment wurde mir alles sonnenklar, ich habe mir geschworen es zu tun, ich habe mir gesagt es ist egal ob es dann Gerede gibt, denn Gerede würde es geben, hierzulande kommt alles irgendwann heraus, aber was wollen Sie ich hatte beschlossen dass ich es trotzdem tun würde, ja ich weiß Monsieur, ich bin die Frau des Bürger- meisters und es hätte Léon schaden können, aber damals hatte ich zugelassen dass Denis spurlos ver- schwand ohne ihm zu helfen und fünfzig Jahre danach machte ich mir wegen meiner Feigheit noch immer Vorwürfe, also hatte ich keine Wahl mehr, ich muss sagen Monsieur dass Léon nicht schockiert war, er hat meine Tat verstanden, er weiß dass ich nicht so schlecht bin wie es scheint, und er weiß auch wie sehr mich die Erinnerung an Denis quält, er war sofort einverstanden, er ist gleich zum Rathaus gegangen und hat mir die Schriftstücke geholt damit ich alles richtig mache, vielleicht hatte ich das Bedürfnis etwas wiedergutzumachen, vielleicht, was weiß man schon warum man etwas tut, aber nachdem ich mich entschieden hatte diesen Schritt zu wagen war es mir als fiele ein Betonblock von meiner Brust, ja Monsieur dieses Gefühl hatte ich, stellen Sie sich einmal vor was es heißt fünfzig Jahre unter einem Betonblock atmen zu müssen (130)

118

ich hab den Geländewagen vorm Haus geparkt, ich hab alle begrüßt, sie waren schwer am Arbeiten, verflucht der Tony schien sich echt Respekt zu verschaffen, aber gut ich wollt meine Nase da auch nicht zu tief reinstecken, also hab ich sie weiterwursteln lassen, hatte ja selber genug zu tun, die Ziegen kannten mich so langsam, ein paar wurden richtig verschmust, diese verflixten Viecher fingen an mir zu gefallen, dabei sind sie alle gleich, kaum teilst du ihnen das Heu aus ist nix mehr mit Schmusen, gefräßig das waren sie, wenn's ums Futter ging verstanden sie keinen Spaß, ich hab die Stalltür wieder zugezogen, die Hündin ist vorneweg und daran hat der Tony gemerkt dass ich zurück war, er kam raus und auf mich zu, wir haben ein bisschen gequatscht und dann ist die Hündin rein und hat sich auf ihren Platz gelegt, wir alle hatten eben unsern Rhythmus gefunden (122)

119

er sagte zu mir Tony morgen geht's heim und gegen Mittag sind wir dann wieder zu Hause, ich dachte das ist doch viel zu früh, bis dahin sind wir da oben nie im Leben fertig, aber mit einer Sicherheit die mich selbst überraschte antwortete ich ihm dass bei ihrer Ankunft alles parat sein werde, er solle sich bloß keine Sorgen machen, dabei sah er überhaupt nicht besorgt aus, der Zyklon der durch sein Leben gerauscht war schien ihn eher zu begeistern, ich konnte es nicht fassen, ich rannte überall herum, ich sagte mir das gibt eine Katastrophe, nie und nimmer schaffen die das noch rechtzeitig, ich betete mir vor bis morgen früh muss alles einsatzbereit sein, Hauptsache es zottelte dann keiner mehr dort herum, die beiden sollten es zu Hause gemütlich haben, erst da bemerkte ich dass ich die ganzen Tage immer nur mit Baptiste telefoniert hatte, plötzlich wollte ich mit Marionoune sprechen bevor sie heimkehrte, ich fragte mich wie soll unsere Marionouchette damit nur fertigwerden, wie wird sie sich davon erholen, ich bat Baptiste sie mir zu geben, ihre Stimme war etwas schwach, ich sagte ihr oh Marionounette was bin ich froh dich zu hören wie geht's dir und sie antwortete es geht Tony es geht, und das Baby Marionouche wie findest du es, sie lachte leise auf und sagte mir darum kümmert sich vor allem Baptiste, aber du Marionoune hakte ich nach, sie antwortete ach ich werde mich daran gewöhnen aber es geht schon Tony es geht, und dann ich weiß auch nicht warum fragte ich sie aber du stillst es doch, und erneut war da ihr seltsames leises Lachen   (125)

120

ich hatte es satt darauf zu warten dass Marion in die Wirklichkeit zurückkehrte, ich wusste nicht wie viele Tage sie noch brauchen würde um ihre Apathie zu überwinden, ohne ihr Bescheid zu sagen ging ich zum Standesamt unsere Tochter melden, einen Tag vorher hatte ich noch versucht mit ihr über den Vornamen zu reden, sie hatte nicht reagiert, wozu sollte ich versuchen irgendetwas mit ihr zu teilen solange sie so heftig ablehnte was uns zugestoßen war, ich beherrschte mich um sie nicht zu schütteln, nicht auf sie loszugehen, ich wollte meine Energie nicht dafür verausgaben gegen sie zu kämpfen, lieber sagte ich gar nichts mehr, jetzt trägt unsere Tochter also offiziell den Vornamen den das Dorf für sie gewählt hat, und als der Angestellte mich fragte ob er dem Namen des Vaters noch den der Mutter hinzufügen solle antwortete ich Nein   (31)

121

Baptiste ging hinaus und das einzig Wichtige für mich war dass er das Baby mitnahm, dass er es nicht daließ, und ich erinnere mich dass ich dort stand, ich sah durchs Fenster auf den Krankenhausparkplatz, ein trostloser Anblick, vor mir eine traurige graue Landschaft, Asphalt, Beton, vielleicht hatte sie vor dem Eintreten geklopft aber hier hatte ich in ein paar Tagen gelernt alles andere auszublenden, nicht mehr auf Geräusche zu reagieren, vielleicht hatte sie sich angekündigt aber ich war verstummt, durch ihr Schweigen hindurch ahnte ich ihre Anwesenheit hinter mir, ich drehte mich um, und da sagte sie es, ich war das neulich nachts, weiter sagte sie nichts, meine rechte Hand lag auf der Sessellehne, sie streifte diese Hand ganz leicht mit ihren Fingern bevor sie ging, es hatte nur ein paar Sekunden gedauert, ich betrachtete die Hand die sie berührt hatte, ich betrachtete sie und legte die andere Hand darauf, damit die Liebkosung nicht verschwand (128)

122

er sagte zu mir komm und schau Dédé sag mir was du davon hältst, ich war ja schon ne Weile nicht mehr in der Kammer gewesen und verflucht so viel stand fest sie hatten echt rangeklotzt, das musste man ihnen lassen sie hatten richtig was auf die Beine gestellt, das alles in so kurzer Zeit hinzukriegen nu ja Respekt, die Rumpelkammer ganz hinten wo die zwei nur alten Kram reingestopft hatten die haben sie leer geräumt und hergerichtet, eines war sicher sie hatten sich ins Zeug gelegt, ich sagte noch mal Herrgott Herrgott, der Tony bohrte nach, wie findest du's denn jetzt Dédé wie findest du's, und ich fand es war saubere Arbeit, aber gut das sollte er besser Baptiste fragen, außerdem bei Babys kenn ich mich nicht so aus, mein Spezialgebiet sind ja mehr so die Kälber (124)

123

natürlich redeten die Leute darüber, aber mein Mann hat die Begabung allen Gerüchten ein Ende zu setzen und die unglaublichsten Situationen in den Griff zu bekommen, wenn uns jemand fragte wie eine solche Schwangerschaft denn möglich sei gab er stets diesen einen Satz zur Antwort, weil sie meine einzige Enkelin ist, und er sprach ihn mit einer Betonung aus dass niemand nachzufragen wagte, die Leute mussten denken dass dem Satz eine verborgene Bedeutung innewohnte die sie nicht erkannt hatten, ich dagegen fand es immer schon beruhigend dass mein Mann für alles eine Erklärung hat (18)

124

mit Kühen da kannte sie sich ja nicht groß aus, aber trotzdem wenn ich bei einer den Euter leer kriegen muss, tja dann ruf ich sie, ich mit meinen Wurstfingern tu mich beim Melken halt schwer aber Marion die hat Zauberhände, die bekommt das besser hin als ich, das kann man nicht erklären, bei ihr mucken meine Guten nicht auf ich dagegen mach sie nervös, sie spüren dass ich unbeholfen bin, vielleicht sind solche Sachen ja auch eher was für ne Frau, ach was weiß ich, aber klar die Viecher bringen uns näher zusammen, wir reden über sie, packen auch mal beim andern an, mit ihm dagegen fühl ich mich nicht so wohl, erklären kann ich das nicht, er ist zu gebildet, er schüchtert mich ein, aber wir respektieren uns, und wir können uns einer auf den andern verlassen, ist ein anständiger Kerl, und wenn er was macht dann ordentlich und solide, aber komisch ist es schon, normalerweise fühl ich mich mit Männern wohler, mit

Frauen weiß ich nicht recht umzugehen, ich find mich halt nicht so besonders schlau, nur mit ihr (126)

125

die letzte Nacht beschloss ich oben zu verbringen, ich wollte dass alles tipptopp ist, ich hatte mir geschworen das Haus von unten bis oben auf Hochglanz zu polieren, ich konnte mir noch so oft sagen hör auf Tony, hör auf, du wirst noch meschugge, ruh dich aus, ich fand immer noch Ecken die mir nicht gefielen, also putzte ich, räumte auf, stellte um, Sucette sah mir die ganze Zeit hinterher, wenn ich in ein anderes Zimmer ging folgte sie mir bis zur Tür, beobachtete mich von dort, kehrte wenn ich wiederkam zu ihrem Teppich zurück, die Schreiner sollten das fantastische Bettchen Samstag in aller Frühe herbringen, ich verließ mich auf die Autorität der Adèles dass die Lieferung auch zum vorgesehenen Termin ankam, ich konnte mich nicht entscheiden ob wir es besser in ihr Schlafzimmer oder in die neu eingerichtete Kammer stellen sollten, ich bekam Panik, ich war ein Versager, ich hatte die Bude noch nie so still, so leer erlebt, es war fast schon gruselig, ich sah Sucette an, ihre sanften Augen lächelten mir zu, kurz davor war Dédé vorbeigekommen und hatte sie zu den Ziegen mitgenommen, es war tröstlich die beiden für die nächste Zeit hier oben zu wissen, eine fröhliche Hündin und ein freundlicher Waldschrat es haben sich schon üblere Gestalten über eine Wiege gebeugt (58)

126

der Tony hat mir gesagt dass sie morgen heimkommen,
da war ich schon erleichtert, die Ziegen würden ihre
Herrin wiedersehen, und fürs Lammen würde ich
vorbeikommen und mithelfen aber das wäre nicht das
Gleiche wie jetzt, es ist nicht dieselbe Verantwortung,
außerdem würd ich Marion bald in echt wiedersehen,
weil verflucht ich krieg das Bild nicht mehr aus dem
Kopf wie sie da im Badezimmer lag so kreideweiß, als
ich nun erfahr dass sie bald daheim sind denk ich mir
heut Abend back ich nen Kuchen, ich hab vom Herbst
noch Äpfel und Walnüsse, und die Marion ist ein
Schleckermaul, die mag meine Kuchen, wenn sie mir
beim Backen und Kochen zuschaut sagt sie immer was
stellst du nur an Dédé dass du noch keine Frau gefunden hast wenn ich gewusst hätte dass es so was gibt so
einen Kerl wie dich dann hätt ich dich geheiratet, sie
veräppelt mich das weiß ich wohl, aber ich werd rot
Herrgott, und dann lacht sie über mich, sie nennt
mich ihren Dédé Purpurrot   (129)

127

erst als am Abend meine Schicht zu Ende ging fand
ich den nötigen Mut, der Vater war im Flur, ich bat
ihn mir den Säugling zu geben und seine Frau und
mich ein paar Minuten allein zu lassen, ich erklärte
ihm ich würde ihm Bescheid sagen wenn wir fertig
wären, ich spürte deutlich dass ihm meine Bitte nicht
behagte, er verstand nicht warum er mir das Kind
überlassen sollte und nicht mit hinein kommen konnte,

ich blieb ruhig aber hartnäckig bis er nachgab, ich hätte nicht recht erklären können was mich dazu trieb so zu handeln aber ich war überzeugt dass ich ohne ihn Zeit mit ihr und dem Baby verbringen musste, mit dem Kind in der Armbeuge trat ich ins Zimmer, sie stand am Fenster, ich ging zu ihr, nebeneinander blickten wir lange schweigend hinaus in die Nacht, alles war ruhig, und dann sagte ich es ihr, den Mutterinstinkt gibt es nicht, sie schwankte und starrte mich an, auch das Baby hatte die Augen weiter geöffnet, durchs Fenster betrachtete ich die Lichter des Parkplatzes, die Autos, irgendwas, ich wartete, ihr Baby und ich warteten   (2)

128

noch nie hatte mich jemand so angesehen wie sie, in ihren Augen las ich dasselbe bedingungslose Vertrauen wie in den Augen meiner Tiere, alle anderen hatten mich bislang mit großen Reden bestürmt, mit ihren Ratschlägen, ihren Empfehlungen, doch erst als ich ihrem Schweigen lauschte fand ich den Mut zu sprechen, ich sagte Sie irren sich bei meinen Tieren existiert der Mutterinstinkt aber bei mir, sie ließ noch einmal eine sehr lange Zeit verstreichen, dann sprach sie ganz leise zu mir, ohne jede Hast, wie man ein Wiegenlied summt das die bösen Träume vertreiben soll, nicht Sie Marion die gesamte Menschheit hat diesen Instinkt verloren nicht Sie Marion eine Geburt ist eine Adoption nehmen Sie sich Zeit vertrauen Sie sich Sie haben Zeit Marion Sie haben Zeit   (131)

129

so war's beschlossen worden, der Tony hatte zu mir
gesagt du bist doch einverstanden oder Dédé, und ich
hatte gesagt na klar doch, weil verflucht es hat mich
ja gefreut dass sie an mich dachten um die beiden
wieder hochzufahren, das würde eine lustigere Fahrt
werden als auf dem Hinweg, ich hab sogar den Geländewagen gesaugt und das passiert nicht alle Tage
da können Sie Gift drauf nehmen, aber gut kommt
ja auch nicht alle Tage vor dass ich für ein Baby den
Taxifahrer spiel, das muss gefeiert werden, ich hab
mir gedacht nur durchknallen darfst du nicht Marion,
wir werden dir schon helfen aber bau hinter unserm
Rücken besser keinen Scheiß mit der Kleinen, du
weißt ich hab ein Auge für so was, mich führt keiner
hinters Licht, am nächsten Tag sollte ich um zehn Uhr
dort sein, da hatte ich noch Zeit die Tiere zu versorgen und rüberzufahren, ich legte mir meine Kleider
zurecht, die Krawatte, das Hemd, den dicken Woll-
pulli den mir meine Mutter gestrickt hat, dann sagte
ich mir den Mist den schaff ich lieber schon heut
Abend aus dem Stall, und das Heu verteil ich morgen
in der Früh, dann bleibt mir noch Zeit zum Duschen
und Rasieren, ich werd mich richtig sauber machen,
nicht dass ich an so nem Tag nach Kuh riech   (3)

130

ich kannte die Regeln, und sehen Sie Monsieur, hier
sind die Papiere in denen das Vorgehen genau erklärt
wird, denn man muss ja alles vorschriftsgemäß machen

wenn das Verfahren rasch in die Wege geleitet werden soll, wissen Sie bei diesen Angelegenheiten darf man nicht trödeln, das Schlimmste ist schnell passiert, Dédé hatte dieses Baby ein erstes Mal gerettet aber Dédé würde nicht immer zur Stelle sein, ich wusste dass das zuständige Amt nach Erhalt meines Briefes zum Einschreiten verpflichtet war, dass man am Wohnort des Kindes vorstellig werden würde um die Eltern zu treffen und die Lage einzuschätzen, ich kenne das Gesetz Monsieur, mir war vollkommen bewusst was ich damit auslöse, ich wollte dass diese Familie überwacht wird, dass sie nicht denken sie könnten dort oben machen was sie wollen ohne dass es jemand merkt, ich weiß auch dass gewisse Fälle vor Gericht gehen und das Kind dann weggenommen wird, nicht dass ich das unbedingt wollte Monsieur, nein, aber manchmal ist es die einzige Lösung, und ich hatte mir geschworen wenn die offizielle Untersuchung zu nichts führen sollte würde ich die Überwachung selbst in die Hand nehmen, ich werde Vorwände finden, ich werde zu ihnen hochfahren, ich werde sie besuchen, ich werde mir zu helfen wissen, ich habe Fantasie vertrauen Sie mir, im Andenken an Denis werde ich ihnen im Nacken sitzen, sollen sie sagen was sie wollen, dass die Suzanne nun endgültig überschnappt, das ist mir völlig egal, aber darauf gebe ich Ihnen mein Wort bei der geringsten Verfehlung mache ich eine neue Meldung (1) und bevor sie hinausging legte sie das Baby aufs Bett, sie ließ es dort und ging, ich hätte fast geschrien, ich wollte schreien, das Baby beobachtete mich von dem viel zu großen Bett aus, wir zwei waren noch nie allein gewesen, es betrachtete mich, es sah geduldig aus, ich sagte mir beruhig dich Marion, beruhig dich, atme, und ich sah Sucette vor mir wie sie damals den Wurf unserer Katze entdeckt hatte, sie war vorsichtig herangeschlichen, hatte langsam ihre Schnauze vorgestreckt, sie kam bedächtig näher, sie hütete sich vor einem möglichen Krallenhieb oder Biss, mit der Schnauze stupste sie die Kätzchen leicht an, ganz behutsam, und sie fiepten aber auch nicht lauter als bei ihrer Mutter, sie kitzelte sie, drehte sie, ließ sie übereinanderpurzeln, roch an ihnen, beschnüffelte sie bis in die Falten und Fältchen hinein, aus dem Baby kamen die gleichen leisen Laute wie aus den Kätzchen, und ich sagte mir mach weiter Marion, hab keine Angst, du tust ihm nicht weh, mach weiter

Lektürevorschläge

Wolkensturz

Eine winterlich raue Berglandschaft mit ihren Bewohnerinnen und Bewohnern bildet den Rahmen für diese Geschichte um Marion und Baptiste, die zugezogen sind und einen Hof übernommen haben. Sie leben mit ihren Ziegen abgeschieden oberhalb des Dorfes. Eines Nachts durchbricht ein unglaubliches Ereignis ihren harten Alltag: Marion bringt im Badezimmer ein Kind zur Welt. Die vorausgehende Schwangerschaft hat niemand bemerkt, vor allem die werdende Mutter nicht. Der Roman, in dem die Stimmen der Beteiligten zu hören sind, erzählt die vier ersten Tage nach der Geburt, die das Leben des Paares auf den Kopf stellt.

Violaine Bérot

wurde in einem Dorf der französischen Pyrenäen geboren. Nach dem Philosophiestudium an der Universi-
tät Toulouse erwarb sie ein Diplom als Informatikerin
und begann eine erfolgreiche Berufskarriere. Im Alter
von dreißig Jahren zog sie sich in die Pyrenäen zurück,
um Ziegen zu züchten und sich ganz dem Schreiben
zu widmen. Am liebsten schreibt sie, wenn sie als
Writer in Residence eingeladen ist, da sie so die not-
wendige Distanz zu ihrem persönlichen Umfeld findet.

Mit WOLKENSTURZ (TOMBÉE DES NUES, Buchet-
Chastel 2018) liegt nun ein weiterer Roman von Violaine
Bérot in deutscher Sprache vor. 2019 erschien, eben-
falls bei Pearlbooksedition, ihr Frühwerk DOPPEL-
BRUDER (TOUT POUR TITOU, Zulma 1999 / Luna-
tique 2013).

www.violaineberot.wordpress.com

Katja Meintel
studierte Romanistik, Ethnologie und Germanistik in Freiburg im Breisgau und Lyon. 2005 promovierte sie zum frankophonen Kriminalroman aus dem subsaharischen Afrika. 2006 erhielt sie den Stefan-George-Preis für junge Literaturübersetzer französischer Literatur der Heinrich-Heine-Universität Düsseldorf. In der Region Basel ist sie als Übersetzerin, Lektorin, Dozentin und Kulturvermittlerin tätig. In ihrer Übersetzung erschienen Romane von Violaine Bérot, François Hainard, Abdourahman A. Waberi, In Koli Jean Bofane, Gilbert Gatore, Patrick Pécherot, Hubert Haddad, Bessa Myftiu und Brigitte Kuthy Salvi.

Titel der französischen Originalausgabe
TOMBÉE DES NUES

Für die Originalausgabe
© Libella, Paris 2018

Für die deutschsprachige Ausgabe
© PEARLBOOKSEDITION, Zürich 2021

ISBN 978-3-9524752-7-0

Lektorat: Nicola Denis, Fontaine-Daniel
Satz und Korrektorat: Marco Morgenthaler, Zürich
Umschlaggestaltung/Bilder: Manù Hophan, Zürich
Druck: AZ Druck und Datentechnik GmbH, Kempten

Der Verlag dankt dem *Centre National du Livre*
für die Unterstützung bei der Herausgabe dieser
Publikation.

Die Übersetzerin dankt dem *Freundeskreis zur
Förderung literarischer und wissenschaftlicher
Übersetzungen e.V.* für ein Arbeitsstipendium, das
vom Ministerium für Wissenschaft, Forschung
und Kunst Baden-Württemberg ermöglicht wurde.

www.pearlbooksedition.ch